Pier Paolo Pasolini

L'odeur
de l'Inde

*Traduit de l'italien
par René de Ceccatty*

Denoël

Titre original

L'ODORE DELL' INDIA

Pier Paolo Pasolini est né à Bologne en 1922. Fils d'officier, il ne cesse toute sa jeunesse de passer de ville en ville : Bologne, Parme, Belluno, Crémone, Reggio nell'Emilia, puis Bologne encore, où il fréquente l'université. En 1943, il doit partir pour Casarsa, dans le Frioul, le pays de sa mère, où il restera jusqu'en 1949. C'est là qu'il commence à écrire. Il s'établit ensuite à Rome, dernière adaptation à un milieu nouveau — celui du peuple romain et du sous-prolétariat des faubourgs. Il y dirige la revue *Nuovi argomenti* avec Alberto Moravia qui le considérait, dès la fin des années 50, comme le plus grand poète italien de sa génération.

Auteur de poèmes, de romans, de récits, de traductions libres de Plaute et d'Eschyle, Pasolini, qui avait collaboré à de nombreux scénarios, est devenu réalisateur relativement tard : entre *Accattone* (1961) et *Salo ou Les Cent Vingt Journées de Sodome*, il aura réalisé dix-huit films

Il disait de lui-même : « Je suis... comme un serpent réduit en bouillie de sang... comme un chat qui ne veut pas crever. » Il est mort en 1975, assassiné par un voyou dans un terrain vague de la banlieue romaine.

I

Pénible état d'excitation à l'arrivée.
La Porte de l'Inde.
Coupe, naturellement fantasmagorique,
de Bombay.
Une foule énorme, vêtue
de serviettes.
Moravia va se coucher :
ma démonstration d'intrépidité,
en m'aventurant dans la nuit indienne.
La douceur de Sardar et de Sundar.

C'est presque minuit, au *Taj Mahal* flotte l'air d'un marché qui ferme boutique. Le grand hôtel, l'un des plus renommés du monde, miné de part en part de corridors et de salons aux plafonds très hauts (on a l'impression de déambuler dans un gigantesque instrument de musique), n'est empli que de boys vêtus de blanc, et de portiers coiffés du turban de gala, qui attendent le passage de taxis douteux. Ce n'est pas le moment, non vraiment pas, d'aller dormir, dans ces chambres vastes comme des dortoirs, chargées de meubles fin de siècle hétéroclites, avec leurs ventilateurs pareils à des hélicoptères.

Ce sont les premières heures de ma présence en Inde, et je ne sais pas dominer la bête assoiffée, en moi emprisonnée, comme en cage. Je persuade Moravia de faire du moins quelques pas près de l'hôtel et de respirer quelques bouffées de cet air, d'une première nuit en Inde.

Nous sortons donc sur le quai étroit qui s'étend derrière l'hôtel et que nous atteignons par une sortie annexe. La mer est paisible, elle ne signale pas sa présence. Le long du parapet contre lequel elle se brise, des automobiles sont à l'arrêt et près d'elles ces êtres fabuleux, sans racines, sans significations, mais surchargés de doutes expressifs et inquiétants, dotés d'un charme puissant, que sont les premiers Indiens d'une expérience qui se veut exclusive, comme la mienne.

Ce sont tous des mendiants, ou des personnes qui vivent aux abords d'un grand hôtel, au fait de sa vie mécanique et secrète : ils se ceignent les hanches d'un chiffon, en jettent un autre sur les épaules et parfois s'en entourent la tête. Leur peau est presque toujours brune, comme des Noirs, parfois très brune.

Il y en a tout un groupe, sous les petits porches du *Taj Mahal*, vers la mer : des jeunes et des garçonnets. L'un d'eux est

12

mutilé, il a les membres presque rongés et, enveloppé de ses chiffons, il est étendu à terre comme s'il se trouvait non pas devant un hôtel, mais sur le parvis d'une église. Les autres attendent, silencieux, disponibles.

Je ne saisis pas encore la nature de leur fonction, de leur espoir. Je les regarde à la dérobée, sans cesser de bavarder avec Moravia, qui est déjà venu ici, il y a vingt-quatre ans, et a, du monde, une connaissance suffisante pour ignorer l'état pénible dont je suis la proie.

En mer, ni lumière ni bruit : nous nous trouvons pratiquement à la pointe extrême d'une longue péninsule, de la langue de la baie que forme le port de Bombay : la ville est située au fond. Sous le bas contrefort sont amarrées quelques grosses chaloupes vides. À quelques dizaines de mètres, sur un arrière-fond de mer et de ciel d'été, se dresse la Porte de l'Inde.

C'est une espèce d'arc de triomphe, avec quatre grandes portes gothiques, d'un style *liberty* plutôt austère : sa masse se découpe en bordure de l'océan Indien, comme pour l'unir, visiblement, aux terres qui, tout de suite, offrent une place circulaire, avec des jardinets plongés dans l'obscurité et des constructions, toutes élevées, décorées de fleurs et un peu gâchées, comme le *Taj Mahal*, aux couleurs terreuses et artificielles, entre de rares lueurs immobiles, dans la paix profonde de l'été

Encore aux abords de cette grande porte symbolique, d'autres silhouettes dignes des gravures européennes du XVIIᵉ siècle : de petits Indiens, aux hanches entourées d'un drap blanc et au-dessus de ces visages maures comme la nuit le cercle de l'étroit turban de chiffon. Sinon que vues de plus près, ces guenilles sont maculées, d'une saleté triste et naturelle, très prosaïque, par rapport aux évocations allusives d'une époque à laquelle, du reste, elles se sont arrêtées. Ce sont toujours de jeunes mendiants ou des gens qui vivent d'expédients, en s'attardant, de nuit, dans des lieux qui, probablement, sont, de jour, le théâtre de leur activité. Ils nous observent en catimini, Moravia et moi, nous laissant nous égarer : leur œil inexpressif ne doit découvrir en nous rien de prometteur. Ils sembleraient plutôt se renfermer en eux-mêmes, en marchant avec lassitude le long du parapet olivâtre.

C'est ainsi que nous arrivons au pied de la Porte de l'Inde, qui paraît de près plus grande que de loin. Les portes en ogive, les murs ajourés, dans cette matière jaunâtre et mourante, se dressent sur nos têtes avec la solennité de certains âtres des villes de neige. Mais, à l'intérieur, dans la pénombre de l'arche, un chant s'élève · ce sont deux ou trois voix qui chantent ensemble, vigoureuses, incessantes, ferventes.

Leur ton, leur sens, leur simplicité, pourraient aussi bien caractériser n'importe quel chant d'Italie ou d'Europe, mais ceux-ci sont indiens, leur mélodie est indienne. Il semble qu'on entende le premier chant du monde. Pour moi, qui perçois la vie d'un autre continent, comme une autre vie, sans rapport avec ce que je connais, presque autonome, commandée par d'autres lois, vierges.

Il me semble qu'écouter ce chant des garçons de Bombay, sous la Porte de l'Inde, prend un sens insaisissable et complice : une révélation, une conversion de la vie. Il ne me reste plus qu'à les laisser chanter, en essayant de les épier d'un recoin de stuc de la grande porte gothique ; ils sont étendus sur le sol nu, sous la chape obscure de la voûte en ogive et dans les lueurs lactées venues de la grand-place qui donne sur la mer. Les hanches ceintes de guenilles blanches, avec leurs têtes noires, on ne saurait leur donner un âge. Leur chant est dépourvu de la moindre gaieté, il ne suit qu'une phrase mélodique, essoufflée et désolée.

Tout paraît hâtif dans cette minute de paix, lourde et sale. Notre arrivée sur Bombay à partir des hauteurs : monticules boueux, rosâtres, cadavéreux, entre de petits marais vert-de-gris et un chaos infini de masures, de déchets, de pitoyables quartiers neufs : on croyait voir les entrailles d'une bête équarrie, éparpillées le long de la mer et, sur elles, des centaines de milliers de petites pierres précieuses, vertes, ocre, blanches qui scintillaient tendrement ; les premiers porteurs accourus sous le ventre de l'avion : noirs comme des démons couverts d'une tunique rouge ; les premiers visages indiens, dès la sortie de l'aéroport, les chauffeurs de taxi, les garçons qui les secondent, vêtus comme d'anciens Grecs ; et la course, comme une entaille dans la ville.

Une heure de voiture, le long d'une périphérie sans limites, composée entièrement de
petits baraquements, de boutiques entassées,
d'ombres de banians sur des maisonnettes
indiennes aux arêtes émoussées et vermou-
lues comme de vieux meubles, suintantes de
lumière, carrefours encombrés de passants
aux pieds nus, habillés comme dans la Bible,
tramways rouge et jaune à galerie ; petits immeubles modernes, immédiatement vieillis
par l'humidité des tropiques, au milieu de
jardins fangeux et de bâtisses de bois, bleu
clair, vert d'eau ou simplement attaqués
par le climat humide ou le soleil, avec des
allées et venues continuelles et un océan de
lumière, comme si partout, dans cette ville
de six millions d'habitants, on célébrait une
fête ; et puis le centre, sinistre et neuf, la
Malabar Hill, avec ses petits immeubles rési-
dentiels, dignes du quartier des Parioli[1], entre
les vieux bungalows et le quai interminable,
avec une série de cercles de lumière qui s'in-
filtrait à perte de vue dans l'eau...

Et les vaches sur les routes qui se mêlaient
à la foule, qui s'affalaient parmi les affalés,

1. Quartier bourgeois de Rome.

17

flânaient parmi les flâneurs, s'immobilisaient parmi les immobiles : pauvres vaches au pelage maculé de boue, maigres à en devenir obscènes, certaines aussi malingres que des chiens, dévorées par le jeûne, le regard éternellement attiré par des objets voués à une éternelle déception. C'était presque la nuit et elles s'assoupissaient aux carrefours sous un feu tricolore, devant les portes de quelques édifices publics négligents, masses noir et gris de faim, d'égarement.

Malgré son tourbillonnement, la vie avait le rythme ralenti de ces pauvres bêtes : il fallait voir la patience avec laquelle les gens attendaient aux arrêts d'autobus, ils faisaient la queue avec une discipline à faire pâlir Suisses et Allemands réunis, sans s'agglutiner, isolés, concentrés. Certains étaient habillés presque à l'européenne, avec des pantalons blancs évasés vers le bas, mal ajustés, et une chemisette blanche à manches courtes ; d'autres, et c'étaient les plus nombreux, portaient une espèce de drap glissé entre les jambes, avec de gros nœuds sur le ventre, et avec les mollets noirs, derrière, laissés complètement découverts ; et sur ce drap, une chemise ou une veste européenne, et, sur la tête, l'immanquable foulard enroulé. D'autres étaient vêtus de longs pantalons blancs de forme arabe, avec une tunique blanche, transparente, par-dessus · d'autres encore avaient mis une paire de shorts, très larges, d'où sortaient, comme des battants de cloche, leurs jambes noires et sèches, et, par-dessus, jusqu'au point de couvrir complètement le pantalon, la chemise, volant à tous vents. Les femmes portaient toutes le sari, chargées de bagues ; et les saris, de diverses couleurs, des plus simples, faits de morceaux de draps enroulés, aux plus raffinés, liturgiques, tissus avec un savoir artisanal ancestral.

De cette foule énorme, vêtue pratiquement de serviettes, émanait un sens de misère, d'indigence indicible : ils semblaient tous rescapés d'un tremblement de terre, et heureux d'en avoir réchappé, se contentant de quelques guenilles avec lesquelles ils auraient fui de leurs pitoyables lits détruits, de leurs masures minuscules.

Et maintenant, en voici deux, ici, de ces rescapés, qui chantent ensemble sous la

Porte de l'Inde, en attendant l'heure de dormir, dans la nuit chaude de l'été.

À l'intérieur de cette vie, dont je n'ai, sur la rétine, qu'un premier calque de la surface extérieure, ils chantent une chanson (pour eux aussi ancienne et familière que pour moi entièrement nouvelle), que je charge d'exprimer quelque chose d'inexprimable et que les jours à venir pourront seuls progressivement guérir de leur poison et équilibrer.

Mais c'est alors que Moravia décide l'heure venue de se sentir las et, avec son merveilleux hygiénisme, il fait volte-face en direction du *Taj Mahal*. Mais moi non. Moi, tant que je ne suis pas vanné (avec mon peu de sens de l'économie), je ne désarme pas.

Je continue encore un peu tout seul mes flâneries à l'aventure. Je me dirige vers ces jardinets plongés dans l'obscurité, au pied des édifices énormes et perdus, au fond de la **grand**-place qui donne sur la mer. À droite, il y a une sombre bâtisse qui semble être en terre cuite, du style mil neuf cent, avec des touches de goût indien, à gauche, un autre hôtel pourvu d'un auvent ; et une station-service ; et un terre-plein avec un feu tricolore, et ensuite, plus loin, après un tournant, apparaît une immense place ovale, tout entourée de palmiers, agonisant dans la lumière blafarde et impure de la lune. Un paysage de carte postale exotique du siècle dernier, de tapisserie de Porta Portese[1]. Traversant l'immense espace ovale, déambule une silhouette, dans sa guenille blanche.

Des garçons jouent en silence avec des bâtons ; d'autres sont recroquevillés, les genoux à la hauteur du visage, et les bras appuyés sur les genoux et pendants. Quelques taxis passent encore, la nuit est chaude et vide, comme dans les lieux de villégiature au cœur de l'été.

Je remonte vers l'hôtel. Devant un édifice, maintenant éteint, qui est, à la fois, un cinéma et un lieu de réunion, le Regal, un garçon s'approche de moi, avec ses shorts aussi larges qu'une soutane et sa chemise sale par-dessus. Il me fait comprendre qu'il est prêt à m'offrir quelque chose : avant tout, me procurer de l'alcool, puisque la prohibition règne à Bombay ; et puis, naturellement, autre chose. Il me prend pour un marin débarqué de quelque bateau en rade. Je lui donne une roupie et je le laisse : je suis intimidé, je ne comprends rien à ce personnage.

1. Marché aux puces de Rome.

Il a des semblables dans les parages, sur les trottoirs chauds et chargés d'une poussière sèche et vieille, au pied des immeubles cadavéreux. Ils me regardent et ils ne me parlent pas, ils s'occupent de leurs affaires.

Devant l'hôtel à auvents, il y en a tout un groupe, agglutiné à terre, dans la poussière : membres, haillons et ombre se confondent. En me voyant passer, deux, trois d'entre eux se lèvent et me suivent, comme en attente. Alors je m'arrête et je leur souris, incertain.

L'un d'eux, noir, mince, au délicat visage aryen avec une énorme touffe de cheveux noirs, me salue, s'approche de moi, pieds nus, avec ses guenilles, l'une entre les jambes, l'autre sur les epaules ; derrière lui, un autre s'avance, au teint noir mais clair, celui-ci, avec sa grosse bouche négroïde, ombrée par le duvet de l'adolescence ; mais s'il sourit, étincelle au fond de son visage noir une candeur immaculée : un flash, intérieur, un souffle, une bouffée qui arrache la couche noire et découvre la couche blanche qui est son rire intérieur

Le premier se nomme Sundar, le second Sardar, l'un est musulman, l'autre hindou. Sundar vient de Hyderabad, où se trouve sa famille; il cherche fortune à Bombay, comme un jeune Calabrais peut le tenter à Rome : dans une ville où il ne connaît personne, où il n'a pas de maison et doit s'arranger pour dormir au petit bonheur, pour manger quand il le peut. Il tousse, avec son petit thorax d'oiseau : peut-être est-il phtisique. La religion de Mahomet imprime sur son visage doux et délicat un certain air de timidité finaude, tandis que l'autre, Sardar, est tout entier douceur et dévouement : hindou jusqu'au bout des ongles.

Lui aussi, il vient de la lointaine Andhra, la région de Madras, lui non plus n'a ni famille, ni maison, ni rien.

Les autres, leurs amis, sont restés en arrière, à l'ombre de la porte secondaire de l'hôtel. Mais je les vois maintenant se dépla cer en silence. Ils entourent un gros cornet qu'ils ouvrent sur le trottoir.

Je demande à Sardar et à Sundar ce qu'ils sont en train de faire : ils mangent le pudding, les restes du dîner de l'hôtel. Ils mangent en silence, comme des chiens, mais sans se disputer, avec la mesure raisonnée et la douceur des hindous.

Sardar et Sundar les regardent, comme moi, avec un sourire qui veut dire qu'eux aussi, ils agissent ainsi et que, si je n'étais pas là, ils partageraient ce repas, en ce moment même. Mais ils préfèrent m'accompagner dans ma promenade.

Les rues sont désormais désertes, perdues dans leur silence poussiéreux, sec, sale. Elles ont quelque chose de grandiose et de misérable en même temps : c'est la partie centrale, moderne de la ville, mais la corruption des pierres, des volets, des bois évoque un vieux village.

Presque toutes les maisons, qui s'écroulent, ont, en façade, un petit porche : et là... je me trouve face à l'un des faits les plus impressionnants de l'Inde.

Tous les porches, tous les trottoirs regorgent de dormeurs. Ils sont étendus à terre, contre les colonnes, les murs, les chambranles de portes. Leurs chiffons les enveloppent complètement, cireux de saleté. Leur sommeil est si profond qu'ils ressemblent à des morts dans leur suaire déchiré, fétide.

24

Ce sont des jeunes gens, adolescents, vieillards, femmes avec leurs enfants. Ils dorment recroquevillés ou sur le dos, par centaines. Certains sont encore éveillés, en particulier des garçons : ils font une halte dans leurs flâneries ou conversent à mi-voix, assis à la devanture d'une boutique fermée, sur les marches d'un auvent. Certains se décident à s'étendre et s'entourent de leur drap, en se recouvrant la tête. La rue est tout entière saisie dans leur silence. Et leur sommeil est pareil à la mort, mais à une mort qui serait, à son tour, aussi douce qu'un sommeil.

Sardar et Sundar les considèrent, avec ce sourire qu'ils affichaient en regardant leurs amis dévorer des restes de pudding : eux aussi, dans peu de temps, ils dormiront ainsi.

Ils m'accompagnent vers le *Taj Mahal*. Voici la Porte de l'Inde, sur fond de mer. Le chant a cessé, les deux garçons qui chantaient doivent maintenant dormir à même le sol, dans leurs guenilles. Voilà que je sais déjà une part de ce que je voulais connaître de leur chant. Une misère épouvantable.

Sardar et Sundar prennent congé de moi, avec gentillesse : leur sourire revêt une blancheur solaire au centre de leurs sombres visages. Ils ne s'attendent pas que je leur donne des roupies, ils les reçoivent avec une surprise d'autant plus joyeuse et Sardar me saisit la main qu'il baise, en disant : *You are a good sir.*

Je les laisse, ému comme un imbécile. Quelque chose a déjà commencé.

II

De religion d'État, aucune trace !
Un fragment des antiques rites grecs
à Chopati.
Autres observations judicieuses
sur les habitudes religieuses hindoues.
Mains jointes à Aurangabad.
Une révélation : la manière
dont les Indiens disent oui.

À New Delhi, je me suis rendu, avec Moravia, à une réception de l'ambassade de Cuba, à l'occasion du deuxième anniversaire de la révolution de cette île : devant une petite villa de l'immense cité-jardin qu'est, à l'image probable de Washington, Delhi, on avait dressé un grand pavillon rouge et bleu, avec un parterre de tapis rouges. C'est là que se pressaient tous les corps diplomatiques de la capitale, de l'ambassadeur de Yougoslavie a celui de Belgique, de l'attaché culturel cubain à l'attaché russe : tous avec leur verre de whisky en main, groupés comme pour poser, caquetant aimablement, dans l'air un peu frais du printemps.

Au milieu des silhouettes élégantes des diplomates et de leurs femmes, une apparition m'a paru être une espèce de mirage absurde (il n'y avait qu'une dizaine de jours que j'avais quitté l'Italie, mais cela me semblait dix ans), celle de deux prélats catholiques, aigus comme des lames de couteau, aux hanches serrées dans une ceinture rouge, et la calotte rouge sur l'arrière du crâne. Ils devaient être espagnols, ils avaient un air de spadassins.

Pour moi, c'étaient des emblèmes : les emblèmes cuisants de tout un monde.

Mais pour combien de millions de personnes, dans le monde indien, n'étaient-ils qu'une fioriture fugitive de rouge et de noir ? Envoyés d'un potentat si lointain qu'il en semblait presque inexistant ?

Pour la première fois — et cela pourra sembler absurde —, j'ai eu l'impression que le catholicisme ne coïncidait pas avec le monde : mais la séparation des deux entités a été si inattendue et si violente, qu'elle constituait une sorte de trauma... C'est alors que s'est imposée à moi pour la première fois cette question : de quoi est rempli ce monde immense, ce sous-continent de quatre cents millions d'âmes ? Je me trouvais en Inde depuis trop peu de temps pour trouver un substitut à mon habitude de la religion d'État : la liberté religieuse était une forme de vide que je considérais avec le vertige.

Je ne m'habituerais que progressivement à cette condition de libre choix religieux qui, si, d'une part, elle semble donner un sens de gratuité à toutes les religions, est, de l'autre, extraordinairement riche d'un pur esprit religieux.

Dresser un tableau de la religion indienne est impossible. Je me contenterai, si cela en vaut la peine, de rassembler quelques fragments de cette mosaïque impossible à reconstituer.

Je descendais de la Malabar Hill, à Bombay, avec des kilomètres de rue dans les jambes et je marchais sur le quai, le long de la mer. C'était le crépuscule. Les fanaux de la *sea-line* sans limites venaient de s'allumer.

J'aimais bien marcher, tout seul, en silence, apprenant à connaître, pas à pas, ce nouveau monde, de la manière dont j'avais connu, en marchant tout seul, en silence, la banlieue de Rome : il y avait quelque chose d'analogue : mais, maintenant, tout se dilatait et s'estompait dans un fond imprécis.

Au centre du demi-cercle délimité par le quai et l'eau, se trouvait une étendue de sable, obscurcie dans les premières ombres du soir, vaste comme un marché : Chopati, tel est son nom. C'était le lieu de grandes réunions politiques, l'une des grandes tribunes de Nehru. Une masse de flâneurs venus prendre l'air ou contempler la mer, pullulait. Il devait bien y avoir deux ou trois mille personnes dans ce cercle de sable : presque silencieuses, au-delà des limites denses du trafic, essentiellement constitué par l'agitation de petits taxis et d'autobus déglingués, sur le quai. Les uns, accroupis, les genoux à la hauteur du visage, les bras abandonnés sur les genoux ; d'autres, recroquevillés à l'indienne, les jambes écrasées en tailleur ; d'autres, debout, enveloppés dans leurs misérables chiffons, dont la blancheur resplendissait de plus en plus, au fur et à mesure que le soleil sombrait derrière l'horizon lacté.

Cette foule était fendue par les vendeurs d'indescriptibles petites friandises (comme chez nous les pralines ou les glaces) avec une flammèche effilée sur le plateau : les flammèches se croisaient au milieu de la foule silencieuse.

Une parade de flammes plus grandes scintillait au fond, dans une aile de la plage consacrée aux chariots des vendeurs.

Quelques enfants faisaient encore voler leur petit cerf-volant carré, bleu ou rose, contre le ciel bleu parcouru de traînees roses ; près d'une sorte de baldaquin, une aveugle chantait, pendant que deux gamins, sérieux, jouaient, avec obstination, sur des instruments assourdissants, pareils à des castagnettes ; en un point de la plage, faite de sable, mais ornée de cailloux et d'étoffes colorées, se dressait une grande image de Vishnu ; et, çà et là, des groupes de personnes qui ecoutaient des espèces de chanteurs des rues, qui faisaient des récits très sérieux, avec l'art dramatique naïf des Indiens, bouffons et rhétoriques.

Je ne sais pas comment j'ai fait, au milieu d'une telle foule, entre les flammèches qui se croisaient de tous côtés, pour distinguer un groupe de personnes qui étaient là pour une raison tout à fait particulière et exceptionnelle. Probablement était-ce à cause de leur air affairé et secret, de leurs gestes décidés.

Ils étaient treize, en tout, je les ai comptés. Quatre femmes, dont la plus âgée devait avoir une quarantaine d'années, et la plus jeune était presque adolescente, avec un nourrisson au sein, deux hommes d'une trentaine d'années, un vieillard, un jeune garçon et des gamins. Toute cette compagnie, certainement composée de deux ou trois familles apparentées, marchait en expédition au milieu de la foule de Chopati, et moi, au départ avec une grande discrétion, et puis, peu à peu, de plus en plus ouvertement, je la suivais.

Deux des femmes, les plus âgées, les mères, selon toute apparence, portaient deux plateaux, de bronze ou de bois, couverts de fruits, bananes, noix de coco, ananas, et de bouquets de fleurs, dans de petits vases. Il devait y avoir également de la salade cuite ou du riz.

La compagnie alla s'arrêter exactement au bord de la mer. On était à marée basse et, devant eux, s'étendait une espèce de marais, composé de bourbe grise, parsemée de flaques d'eau : mais le soleil, en se couchant, donnait à ce marécage la couleur de l'argent, argent bruni pour la boue, argent très clair pour ''eau ; une immense broderie d'argent.

Les femmes posèrent les plateaux sur le sable et les enfants se mirent à folâtrer tout autour, tout contents, les uns en courant, les autres en barbotant dans le sable avec leurs menottes sans susciter la moindre réprimande, ni le moindre rappel à l'ordre de la part des adultes. Du reste, les grandes personnes accomplissaient de leur côté leur propre rite avec une grande humilité et un grand détachement, sans une véritable préoccupation, sans dévotion visible.

Un homme prit un fruit, une mangue, ou un citron, il fit, avec naturel, une espèce de cercle sur la tête de certains des membres de l'assistance, souvent des enfants, et il s'approcha du filet d'argent du bourbier qui se trouvait devant lui, en esquissant le geste de le lancer à l'eau ; puis, comme s'il se ravisait, il fit un autre pas dans le marécage d'argent, devenant une sorte d'ombre magique, dont les gestes ne pouvaient être plus distingués. Puis il revint parmi les siens.

Les femmes, cependant, conduites par la plus âgée, s'adonnaient à un étrange trafic autour des plateaux, avec des gestes mesurés et résignés de ménagères : elles changèrent de place les fruits, les fleurettes, les poignées de riz cuit, et entre-temps elles avaient allumé des brindilles de paille parfumée, qui commencèrent à se consumer lentement.

Ensuite, les hommes tendirent des sacs de toile de jute, et tout le monde se mit à remplir ces sacs avec les offrandes ; c'était toujours la plus âgée qui présidait aux opérations. Les hommes lui obéissaient, patients et soumis, en n'offrant que leur force et leur prestige d'hommes, mais sans prétendre à la compétence du rituel. La vieille femme en était seule chargée, comme d'un certain plaisir que les hommes liaient à l'abandon momentané de leur responsabilité et à l'espoir que ce rite, connu et dirigé par la mère, porterait quelque fruit, peut-être un bien dont jouirait toute la famille.

Cette situation n'était pas nouvelle pour moi : il se produit aussi chez les paysans du Frioul quelque chose de semblable, dans certaines coutumes rustiques, qui ont survécu au paganisme : les hommes, non sans ironie, il est vrai, donnent l'impression de rendre les armes et de suspendre leurs droits : leur force et leur modernité se taisent face au mystère capricieux des dieux de la tradition.

Une fois les paniers emplis, tout était désormais dans les mains des hommes : les femmes restaient près des plateaux vides, avec des brindilles qui continuaient de brûler et les enfants qui jouaient tranquillement et les hommes, après avoir écouté les derniers conseils, se hasardaient à accomplir, tout seuls, l'ultime partie du rite d'offrande, en s'éloignant sur le filet d'argent qui engloutit leurs ombres, éblouissant faiblement, comme le vitrail d'une cathédrale.

Pendant ce temps, à mes côtés, tandis que j'observais ce spectacle, un vieil homme s'était installé, avec ses longs cheveux noirs, enveloppés dans un turban fétide, et une grande barbe noire ; le corps ceint de chiffons blancs, il me regardait à la dérobée, avec une espèce de rictus.

Je l'examinai mieux : il n'était pas plus grand qu'un adolescent maladif et arrêté dans sa croissance : sec, malingre, comme un oisillon dans son nid et ses gestes évoquaient un nourrisson ; plutôt que d'un nourrisson, ses déplacements avaient la délicatesse et les légères convulsions hystériques d'une petite fille.

Je compris que son sourire cherchait à manifester une complicité. Et je compris également qu'il attendait le départ de la famille pour aller manger ses offrandes. Et je compris enfin qu'il était à moitié mort de faim. Ce sourire honteux voulait simplement dire : « Maintenant, je vais m'emparer de cette nourriture et la dévorer comme un chien. Tu me comprends, n'est-ce pas ? Eh bien, ce sont des idioties, des choses qui arrivent à tout le monde : toi aussi, tu as faim, non ? »

C'est ainsi que la longue attente des deux hommes qui étaient allés au-delà du marécage, jusqu'aux confins de la mer, dans l'ombre enfiévrée du crépuscule, devint peu à peu un tourment.

Finalement, ils réapparurent, tous deux, sur le fond maculé de cette plaque d'argent ; alors le vieillard affamé accourut, comme une fillette, vers la mer, et disparut dans la pénombre dont étaient en train de sortir, satisfaits, silencieux, accueillis par la nuée joyeuse des enfants et par le silence tranquille des femmes, les deux jeunes pères. Et la famille se rassembla pour le retour vers la maison, à travers la plage qui paraissait envahie par une armée d'âmes.

Je n'ai pas toujours trouvé dans les rites indiens une telle paix, humble et humaine. Ce serait plutôt le contraire. On voit souvent des choses immondes. La visite de toute une série de temples splendides dans le Sud, de Madras à Thanjavur, une douzaine d'étapes extraordinaires, est altérée par la vue de la foule qui entoure les temples et de leur dévotion avilie.

À Calcutta, une vision effroyable. Il n'était pas possible de ne pas voir le temple de Kali, qui compte parmi les rares curiosités de ce lieu sinistre et sans espoir, l'un des conglomérats humains les plus grands du monde.

Nous sommes arrivés et, dès notre descente du taxi, nous avons été assaillis, comme par un essaim de mouches, par une cohue de lépreux, d'aveugles, d'estropiés, de mendiants; nous nous sommes réfugiés vers la petite cour centrale du temple (sans réussir à le voir, si serrée était la foule atroce qui nous importunait; du reste, il s'agissait d'une construction moderne, sans aucune valeur stylistique) et, une fois arrivés dans cette courette, au milieu d'un tourbillon de guenilles et de pauvres membres nus, nous avons aperçu quelqu'un qui traînait une chevrette vers une sorte de gibet, une fourche de bois plantée sur le sol. Une lame recourbée fut levée, la tête du chevreau roula à terre et le cercle du cou se remplit d'une écume bouillonnante de sang.

La vie, en Inde, a toutes les caractéristiques de l'insupportable : on ne sait pas comment on fait pour résister, en mangeant une poignée de riz sale, en buvant une eau immonde, sous la menace continuelle du choléra, du typhus, de la variole, et même de la peste, en dormant par terre, ou dans des habitations atroces. Tous les réveils, le matin, doivent être des cauchemars. Et pourtant, 'es Indiens se lèvent, avec le soleil, résignés, et, avec résignation, ils se trouvent une occupation : c'est une errance, à vide, durant tout le jour, un peu comme on en voit à Naples, mais ici, avec des effets incomparablement plus misérables. Il est vrai que les Indiens ne sont jamais joyeux : ils sourient souvent, c'est vrai, mais ce sont des sourires de douceur, non de gaieté.

C'est ainsi que, de temps à autre, certains sortent de cet abîme épouvantable, de cette infernale tourmente. Et on les aperçoit comme échoués sur la rive, alanguis de stupeur. Il m'est souvent arrivé de surprendre certains d'entre eux, les yeux fixés dans le vide, immobiles : ils portaient clairement les symptômes d'une névrose. Ils semblaient presque avoir « compris » le caractère intolérable de cette existence. Ces expressions d'abstraction hors de la vie, de renoncement, d'arrêt, de gel, je les ai vues comme concentrées et codifiées, sur le visage d'un jeune homme d'Aurangabad. Aurangabad est une petite ville, à deux cents miles de Bombay, l'habituel amas informe de masures mal adossées l'une à l'autre, de venelles insalubres et de bazars, alignés le long d'une rue centrale méandreuse, derrière les boyaux ouverts des ruisseaux d'écoulement.

Au milieu de cette rue, il y avait un arbre, déplacé et étonnant, comme souvent les arbres, en Inde, et autour de cet arbre une petite cage, peinte en rouge et de diverses autres couleurs vives. Devant la petite cage, au cours de mes explorations désespérées, j'ai vu un jeune homme, immobile, le teint de cire, abstrait : mais dans ses yeux hagards, il y avait un grand ordre, une grande paix. Il avait les mains jointes. Je m'approchai pour mieux voir. Il était nu-pieds, il avait déposé ses chaussures sur la poussière putride. Il se tenait droit, immobile, insaisissable : il n'était que silence. Je regardai ce qu'il adorait. Il s'agissait d'une grenouille, haute d'un mètre, enfermée dans son petit temple, derrière des tapis jaunes souillés, une grenouille d'un bois qui paraissait visqueux, peinte en rouge sur le dos, en jaune sur le ventre. En réalité, il s'agissait d'une version dégénérée de l'habituelle vache sacrée : une véritable horreur. Je regardai le visage du jeune homme qui priait : il était sublime.

Je ne sais pas très bien ce qu'est la religion indienne ; lisez les articles de mon merveilleux compagnon de voyage, Moravia, qui s'est documenté à la perfection, et, pourvu d'une plus grande capacité de synthèse que moi, a sur ce sujet des idées très claires et bien fondées. Je sais qu'en substance le brahmanisme parle d'une force vitale originelle, d'un « souffle », qui, par la suite, se manifeste et se concrétise dans la mouvance infinie des choses : un peu, finalement, la théorie de la science atomique comme l'a noté, à juste titre, Moravia.

J'ai essayé d'en parler avec de nombreux hindous : mais aucun d'entre eux n'a la moindre idée à ce sujet. Chacun a son culte, Vishnu, Siva ou Kali et en observe scrupuleusement les rites. Là-dessus, je ne peux que me contenter des descriptions comme celles que j'ai déjà proposées. Mais je peux dire quelque chose : les hindous forment le peuple le plus doux que l'on puisse connaître. La non-violence appartient à ses racines, et a sa raison d'être. Il se peut que parfois il défende sa faiblesse avec un certain histrionisme ou un manque de sincérité, mais c'est une frange d'ombre autour d'une lumière absolue, d'une transparence totale.

Il suffit de considérer leur manière de dire oui. Au lieu de hocher la tête comme nous, ils la secouent, comme quand nous disons non : la différence de geste n'en est pas moins énorme. Leur non qui signifie oui consiste dans une ondulation de la tête (leur tête brune, dansante, avec cette pauvre peau noire, qui est la couleur la plus belle que puisse avoir une peau), avec tendresse, dans un geste empreint de douceur : « Pauvre de moi, je dis oui, mais je ne sais pas si c'est possible ! », et d'embarras, en même temps : « Pourquoi pas ? », de peur : « C'est si difficile », et même de coquetterie : « Je suis tout pour toi. » La tête monte et baisse, comme légèrement détachée du cou, et les épaules ondulent également un peu, avec un geste de jeune fille qui vainc sa pudeur et montre effrontément son affection. Vues de loin, les foules indiennes restent gravées dans la mémoire, avec ce geste d'assentiment, et le sourire enfantin et radieux dans le regard, l'accompagnant toujours. Leur religion tient dans ce geste.

III

L'histoire de Revi

Nous sommes à Bénarès et nous marchons, de retour du bazar, conduits par le chauffeur de taxi mahométan, gros, intelligent et rapide comme un Européen, vers le taxi. Nous marchons dans une large rue du centre, avec des maisons à deux étages, enflées comme des pianolas, toutes en bois, aux angles émoussés, arrondis, aux porches écaillés et crépis de couleurs tendres.

Sous un porche, fraîchement peint en vert d'eau, dans la cohue de taxis, de haillons, de vaches, nous entendons le son insistant et primitif d'une musique. Le visage du chauffeur nous promet quelque chose de bon, c'est pourquoi nous nous approchons d'un petit rassemblement, au pied d'une fenêtre, dans une venelle perpendiculaire à la rue et à la véranda verte. À travers la fenêtre, nous apercevons une petite pièce, nue, mais assez propre : à terre, sont recroquevillés en file des hindous, six ou sept rangées d'une dizaine de personnes, chacune. Tout le monde chante avec une grande ferveur. Les instruments de musique qui accompagnent ce chœur ne sont pas nombreux. C'est un tambour, long et étroit, sur lequel frappe un musicien, avec une véritable fureur, qui domine ; il semble détacher, dans un tourbillon, les mains de la peau du tambour, comme si elle était enduite de colle. Les coups sont ordonnés, mais precipites et dramatiques. Le chant de la foule étendue, quoiqu'il soit élémentaire, comme toujours les mélodies indiennes, a quelque chose de rayonnant : il rappelle les chansons de nos tavernes.

Sous la fenêtre, dans un coin de la pièce, il y a un rebord, peint en jaune, qui entoure la chapelle, avec le dieu habituel, le lingam, c'est-à-dire le sexe, au milieu de figures aux attitudes symboliques : art folklorique et moderne.

Bondi d'on ne sait où, voilà qu'un être étrange se met à danser devant l'enceinte du petit autel, sur le tapis délavé et déchiré.

C'est un nain, un homme, adulte, velu, mais habillé en naine; une grande soutane jaune et un gilet vert, bracelets aux poignets et aux chevilles, colliers et boucles d'oreilles scintillants. Entre les doigts, il agite des sistres, qui s'unissent au son des autres instruments, de manière obsessionnelle. Au rythme assourdissant de ses sistres, le nain danse dans un tourbillon, en répétant toujours les mêmes gestes : il roule sur lui-même, faisant gonfler sa robe en cercle, il s'arrête, il se retourne, il se dirige vers la foule, il ébauche le geste de saisir quelque chose dans la paume de sa main ouverte et tendue, et va jeter ce quelque chose vers l'autel. Il répète ces gestes, sans pause, avec les sistres qui bourdonnent comme un essaim d'abeilles furieuses.

L'expression du nain a quelque chose d'obscène, de retors. Parmi tous ces visages doux d'Indiens, il est le seul à savoir ce qu'est la laideur. Il le sait de manière infantile et bestiale, on ne sait pourquoi, et il accomplit sa danse sacrée et antique, comme s'employant à la caricaturer, à la déparer, avec son inexplicable et perfide vulgarité.

Ce ne fut pas le seul cas. À Gwalior également, petite ville entre Delhi et Bénarès, j'ai pu noter quelque chose d'analogue. Nous traversions la place centrale de la ville, stupéfaits par son aspect moderne ; une grande poste, deux ou trois édifices rouge et blanc, un grand terre-plein au milieu. Mais partout, au milieu de la circulation, des vaches et des chèvres, grises de saleté. Entre les vaches et les chèvres, sur un trottoir, un sac était tendu, gris de saleté, et, dessous, un homme, avec une épaisse chevelure noire qui débordait sous le sac. Un groupe de passants l'entourait, à genoux, le vénérant. Avant de s'en aller, certains, jusque-là recueillis en dévotion, lui baisaient ou lui effleuraient les pieds de la main. Et lui, l'adoré, immobile sous cette immonde guenille, avec tous ces cheveux immondes répandus sur le trottoir. Quand l'un des fidèles, paralysé de vénération, s'approcha de lui pour lui offrir une cigarette allumée, l'adoré refusa, muette ment, en se contentant de secouer follement un pied, comme s'il donnait des petits coups de pied, tourbillonnants, hystériques au monde entier.

À Khajuraho, le lendemain, nous avons eu l'occasion de voir un autre de ces saints.

Khajuraho est l'endroit le plus beau de l'Inde, peut-être même le seul endroit que l'on puisse dire vraiment beau, au sens « occidental » de ce mot. Un immense pré-jardin de goût anglais, vert, d'une confondante douceur, avec des bougain-villées répandues en épais buissons arrondis : devant chaque massif, nos regards se seraient alanguis pour jouir, des heures durant, de leur rouge paradisiaque. Des files de jeunes filles, vêtues de sari, couvertes d'anneaux, entretenaient le pré, et un peu plus loin des rangs d'enfants, couchés sur l'herbe, et plus loin encore de jeunes garçons qui transportaient, accrochés à l'extrémité d'une perche, des seaux d'eau ; le tout dans une paix de printemps infini. Et dispersés dans ce pré, les petits temples qui sont tout ce qu'on peut voir de plus sublime en Inde.

Au bord du pré, il y avait une maisonnette, une masure qui n'était pas trop repoussante, en briques ; un feu allumé à l'intérieur et quelques meubles. Quelqu'un semblait trafiquer non loin de là, accaparé par son activité. C'était un homme d'une quarantaine d'années, avec une épaisse barbe noire et une épaisse crinière à la d'Artagnan. Son aspect inspirait une antipathie immédiate. À bien l'observer, en fait, on voyait qu'il ne vaquait pas à des tâches ordinaires, comme celles d'allumer le feu, ou de faire cuire des haricots ou je ne sais trop quoi ; mais avec cette attention, ce soin, cette morgue de quiconque s'adonne à un travail qu'il estime indispensable, il procédait à un cérémonial sacré. Il tournoyait comme un fou autour de la masure, il s'arrêtait, il touchait des objets, il faisait des gestes avec les mains, il s'inclinait vers le sol.

Nous l'abandonnâmes à ses occupations : enfermé dans sa concentration maniaque, dans un cercle infini de tolérance.

Nous ne parvenions pas à nous détacher de Khajuraho : il y avait six temples, petits et étonnants, et autour de chacun d'eux, nous nous attardions durant au moins une heure, assis sur ses marches, ou dans le pré avoisinant, nous rassasiant de cette paix inespérée, puissamment douce.

Les temples devant nous, avec leurs deux corps de bâtiments (l'un, le plus grand, avec le lingam, à l'intérieur, l'autre, devant, plus petit, guère plus qu'un appentis destiné à protéger l'étonnante vache de pierre tournée vers le lingam) dans l'or du soleil, étaient d'une inépuisable beauté. Ils ne semblaient pas choses de pierre, mais ils paraissaient faits d'un matériau presque comestible, plus que précieux, aérien. Lourdes nuées et brumes légères caressant ce grand pré verdoyant, condensées, coagulées, rendues pareilles à de grosses grappes de raisin, avec le cep fiché en terre, dégoulinantes, et leurs grains serrés, presque encastrés l'un dans l'autre et ensuite, peu à peu, un soleil laborieux semblait les avoir desséchés, au point d'en faire du liège, un roseau, du bois, du tuf, mais en laissant sur toute la surface cet enchevêtrement de grains encastrés, rabougris.

Nous regardions, assis sur une marche délabrée, faite dans ce matériau qui n'était que tendresse et vieillesse, autour de nous, ce monde de temples, quand nous fûmes distraits par une silhouette qui traversait le pré. Elle s'approchait avec une assurance rapide : les jardiniers, autour, rares et paresseux, la regardaient passer avec déférence.

C'était le saint. Il allait on ne sait où. Il marchait fièrement, nu comme un ver, sa tignasse

et son épaisse barbe soulevées par le mouvement de son pas élastique et presque sportif : il
se rengorgeait, la poitrine gonflée, sans
daigner accorder un regard à ses adorateurs.
On aurait dit un chef de service traversant
le couloir entre huissiers et grouillots. Et
quand un pauvre négrillon, tout humble, fit
un pas vers lui et lui offrit l'inévitable cigarette allumée, non seulement il refusa de se
tourner vers lui pour le remercier, mais ce
crétin ne le regarda même pas.

Heureusement, l'hindouisme n'est pas une
religion d'État. C'est pourquoi les saints ne
sont pas dangereux. Tandis que leurs fidèles
les admirent (pas tant que ça, du reste), il y
a toujours un musulman, un bouddhiste
ou un catholique pour les regarder avec
compassion, ironie ou curiosité. C'est un
fait, de toute façon, qu'en Inde l'atmosphère est favorable à la religiosité, comme
le confirment les rapports les plus banals.
Mais, à mes yeux, cela n'implique pas que
les Indiens soient vraiment préoccupés par
de sérieux problèmes religieux. Certaines
de leurs formes de religiosité sont forcées,
typiquement médiévales : aliénations dues
à l'épouvantable situation économique et

hygiénique du pays, véritables névroses mystiques, qui rappellent celles qui eurent lieu en Europe, au Moyen Âge, précisément, et qui peuvent frapper des individus ou des communautés entières. Mais plus qu'une religiosité spécifique (celle qui produit les phénomènes mystiques ou la puissance cléricale), j'ai observé, chez les Indiens, une religiosité générale et diffuse : un produit moyen de la religion. La non-violence, en quelque sorte, la douceur, la bonté des hindous. Ils ont peut-être perdu contact avec les sources directes de leur religion (qui est évidemment une religion dégénérée), mais ils continuent à en être des fruits vivants. Ainsi, leur religion, qui est la plus abstraite et la plus philosophique du monde, en théorie, est, en fait, en réalité, une religion totalement pratique : une manière de vivre.

On en arrive même à une espèce de paradoxe : les Indiens, abstraits et philosophiques à l'origine, sont actuellement un peuple pragmatique (fût-ce d'un pragmatisme qui permet de vivre dans une situation humaine absurde), tandis que les Chinois, pragmatiques et empiriques à l'origine, sont actuellement un peuple extrêmement idéologique et dogmatique (bien qu'ils résolvent pratiquement une situation humaine qui semblait sans solution).

Ainsi, en Inde, maintenant, plus qu'à l'entretien d'une religion, l'atmosphère est propice à tout esprit religieux pragmatique, quel qu'il soit.

J'ai connu des religieux catholiques et je dois dire que jamais l'esprit du Christ ne m'est apparu aussi vif, aussi doux ; un transfert remarquablement réussi. À Calcutta, Moravia, Elsa Morante et moi, nous sommes allés faire la connaissance de sœur Teresa, une religieuse qui s'est consacrée aux lépreux Il y a soixante mille lépreux à Calcutta, e⸱ plusieurs millions dans toute l'Inde. C'est une des multiples choses horribles de cette nation, devant quoi on doit s'avouer absolument impuissant : à certains moments, j'ai éprouvé de véritables impulsions de haine à l'égard de Nehru et de ses cent collaborateurs intellectuels éduqués à Cambridge, mais je dois dire que j'étais injuste, parce qu'il faut vraiment se rendre compte qu'il y a bien peu à faire dans cette situation. Sœur Teresa essaie de faire quelque chose : comme elle le dit, il n'y a que les initiatives de son type qui puissent être utiles, parce qu'elles partent de rien. La lèpre, vue de Calcutta, a un horizon de soixante mille lépreux, vue de Delhi, elle a un horizon infini.

Sœur Teresa vit dans une maisonnette, non loin du centre de la ville, dans une avenue minée, rongée par les moussons et par une misère à couper le souffle. Elle est entourée de cinq ou six sœurs, qui l'aident à diriger l'organisation de recherche et de soin des lépreux, et surtout, d'assistance à leur mort; elles ont un petit hôpital où les lépreux sont recueillis pour qu'ils y meurent.

Sœur Teresa est une femme âgée, à la peau brune, parce qu'elle est albanaise, grande, sèche, avec des mâchoires presque viriles, et des yeux doux qui, là où ils se posent, « voient ». Elle ressemble, de manière impressionnante, à une célèbre sainte Anne de Michel-Ange : la véritable bonté est gravée dans ses traits, telle qu'elle est décrite par Proust, à propos de sa vieille servante, Françoise : la bonté sans halo sentimental, sans attente, tranquille et rassérénante, puissamment pratique.

Father Wilbert, en revanche, est plutôt différent! C'est peut-être parce qu'il est plus jeune... Mais la manière dont j'ai fait sa connaissance est beaucoup moins simple qu'une visite, elle constitue à elle seule tout un événement...

Voici comment les choses se sont passées, en bref.

Nous nous trouvions depuis deux jours à Cochin, une ville de l'État de Kerala, dans l'Inde du Sud. Cet État est la région la plus pauvre de l'Inde, mais en même temps, la plus belle et la plus moderne. Pendant quelques années, le gouvernement a été communiste et les communistes restent encore très forts. Les ports de l'État de Kerala sont ceux qui ont eu les contacts les plus anciens avec l'Europe. Les premiers chrétiens, convertis, dit-on, par saint Thomas, sont aussi anciens que ceux d'Europe : les Arabes, les Portugais, les Hollandais ont été ici comme chez eux (en massacrant, en exploitant, en convertissant). En fait, à Cochin, qui est un port extraordinaire, à l'embouchure duquel se déploient, entre de pacifiques lagunes, des îles qui évoquent le

Paradis terrestre, on n'a guère l'impression de se trouver en Inde : la grande douceur indienne est un peu moins frappante, de même que la saleté. La manière d'acquiescer ne s'exprime plus par ce merveilleux mouvement d'oscillation de la tête, pareil à un assentiment de jeune communiante, que l'on voit répété dans l'Inde entière. Il y a un grand pourcentage de catholiques anciens et nouveaux, de nombreux musulmans, et les hindous se sont un peu endurcis dans leur longue fréquentation. Tous les jours, arrivent deux ou trois bateaux, dont débarquent des marins de toutes les nations. Il y a la dureté et la corruption des grands ports internationaux. Dans cette atmosphère plutôt moderne, les côtés horribles de l'Inde sont encore plus horribles. Les pousse-pousse existent encore ; j'ai dû en emprunter un à Cochin, en pleine nuit, pour revenir à l'hôtel, le *Malabar*, qui se trouve dans une île au milieu du port, dans une étendue de docks et d'entrepôts longue de huit miles. Mais je n'ai pas eu le courage de me faire transporter   j'ai donc fait les huit miles à pied, en bavardant avec Josef, l'homme du pousse-pousse, à travers l'effrayante nuit du port désert. Josef avait été marin et il avait bourlingué de par le monde entier : il connaissait Gênes et Naples, et la ville du monde qu'il préférait était New York. Il était malade maintenant : certainement phtisique. Il avait sept ou huit enfants à entretenir et il en était réduit à devoir faire le cheval, entre ces deux horribles, répugnants brancards de sa carriole.

Nous étions donc depuis deux jours à Cochin : c'était dimanche. J'avais envie de rester seul, parce que ce n'est que seul, égaré, muet, à pied, que je parviens à reconnaître les choses. J'abandonnai donc Moravia et Elsa Morante, qui allèrent faire un tour, dans la Ford conduite par le doux Tayaram, à travers la ville, et moi, je sortis à pied de l'hôtel.

Je fus aussitôt englouti dans l'inévitable cohue de gueux, de malades, de quémandeurs qui s'agglutinèrent comme une nuée de mouches. Je choisis aussitôt Josef, le vieux Josef, rasé de près, avec sa chemise des dimanches, près de son lugubre pousse-pousse.

Je fis semblant de monter, et dès que nous fûmes hors de vue, au milieu de la rangée de magasins, je descendis et je dis à Josef que je préférerais aller faire un tour en barque, sur les lagunes devant le port.

Mais entre-temps, de la cohue des gueux, des malades et des quémandeurs, s'était détaché Revi, et, de loin, maintenant, il nous suivait. Il était là-bas, vêtu de blanc, avec sa robe longue qui voletait aux chevilles et sa tunique, autour du buste, relevée sur les hanches, en mille plis, qui de près étaient sales, mais de loin semblaient immaculés.

Je l'avais rencontré dès mon arrivée à Cochin : c'était l'heure du coucher de soleil, et, avec Moravia et Elsa, nous étions sortis faire deux pas dehors, devant l'hôtel *Malabar*, le long du port, désert, avec quelques porteurs seulement, blanc sur le fond des formes entremêlées des bateaux, rouge et noir. Revi était là, avec un jeune compagnon à lui, sur un peu de sable sale, entre deux magasins sinistres et quelques entrepôts en ruine. Ils m'appelèrent, comme ça, pour lier conversation : ils me demandèrent si j'étais marin, d'où j'étais, combien de temps je restais à Cochin. Mais deux obscurs mendiants s'approchèrent, enveloppés dans leurs draps, hospitaliers malgré tout, mais avec quelque chose de sinistre dans le regard. Finalement, je vis apparaître, venu de je ne sais où, un ananas, qu'on me proposa de me vendre ; je l'achetai, je donnai l'argent à Revi, mais en m'éloignant, je me rendis compte que les autres le lui arrachaient des mains.

Dès lors, j'avais toujours entrevu Revi dans les parages de l'hôtel, avec son minois joyeux, et ses guenilles flottant au vent. Même le soir où j'étais rentré tard, à pied, avec Josef et son pousse-pousse, il était apparu au milieu de l'étendue infinie, mortuaire des docks, tout souriant, mais il s'était ensuite aussitôt éloigné, car, au fond de la rue, étaient apparus des gendarmes avec leurs très hauts chapeaux rouges pointus...

Maintenant, il était ici, derrière notre dos, à nous regarder avec un sourire malin et doux : de biais, de temps à autre en courant de manière oblique, avec ses habits d'ange qui palpitaient à l'entour.

Il nous suivit, tandis qu'après avoir abandonné le pousse-pousse nous traversions des entrepôts pour atteindre le débarcadère, il nous observa tandis que nous nous entendions avec le propriétaire d'une embarcation, et quand nous fûmes sur le point de nous embarquer, il était là, lui aussi, en nous regardant du blanc des yeux et avec ses dents éclatantes, avec un sourire à faire fondre. Je lui dis de sauter pour nous rejoindre ; la chose ne fut pas mal vue par Josef, et peu à peu, le rameur nous fit longer le bras de mer au-delà duquel, au fond, se déployait Cochin, sur toute sa longueur, avec ses toits hollandais alanguis.

Nous nous dirigeâmes vers le large : à gauche, la pointe extrême de Cochin, à droite, au-delà de l'autre bras de mer, Enarkulam, derrière, le *Malabar,* seul au milieu des cris des corneilles, et, devant, les langues de terre, chargées de palmiers, du Paradis terrestre.

En naviguant, je fis un peu mieux connaissance avec Revi mais, pauvre petit, il n'y avait presque rien à savoir à son sujet : il était de Trivandrum, un autre port de l'État de Kerala, à une centaine de kilomètres plus au sud, sa mère, Appawali, était morte, son père, Appukutti, il ne savait plus rien de lui. Il vivait ainsi, au petit bonheur la chance, sur les docks de Cochin.

Je voulais, moi, rejoindre la première des îles amassées devant le port, avec leurs palmiers paradisiaques, et marcher un peu sur son sable, seul, m'y perdre pendant quelque temps.

La plus proche, celle qui se trouvait exactement devant le *Malabar,* avait une rive de rochers, et, tout de suite après, des étendues d'herbe jaune, lieu idéal pour les cobras, avec quelques massifs malingres çà et là. Les autres îles étaient trop lointaines pour notre petite barque. Je descendis donc, en demandant à Josef et aux autres de m'attendre. Revi, néanmoins, libre comme le sont les enfants et les femmes, ne m'obéit pas, et me suivit, certain qu'il lui suffirait de me sourire pour me convaincre de l'excuser. Quand il souriait, il plantait ses yeux dans les miens et semblait me pénétrer de toute la douceur dont il était imprégné.

J'allai faire mon tour, à travers l'île qui était totalement aride et déserte, et lui derrière. À un certain moment, il osa même me prendre par la main. Et, bien qu'il eût prétendu ignorer l'anglais, il se mit à bavarder un peu ; du reste, nous nous comprenions essentiellement avec des gestes, des regards. Il avait des riens, des misères à me confier. Et quand, à la fin, en revenant à l'endroit où

nous avions laissé la barque (qui ne s'y trouvait plus : elle s'était éloignée un peu plus
loin, le long des rochers), je fis le geste de lui
donner quelques roupies, il ne voulut rien
entendre. Je ne comprenais pas pourquoi et
j'insistais : pour moi, ce n'était vraiment
rien, il pouvait prendre ces quelques roupies,
sans s'en faire. Et lui, il continuait à dire non,
avec ce sourire enfantin qui était le sien.
Je parvins péniblement à comprendre ses
raisons : il était inutile pour moi de lui donner cet argent, car, plus tard, les grands le
lui auraient pris. *They are not good men!*
disait-il. Je lui conseillai de le cacher. Mais
où ? Dans sa manche relevée. C'était une
bien pauvre cachette. Mais mieux que rien.
Autant essayer. Josef et l'autre survinrent
alors, noirs sous leurs larges turbans blancs,
et, lentement, commencèrent à naviguer
vers le *Malabar*, au loin, entre les cris des
corbeaux.

Quand nous eûmes débarqué, Revi me
laissa tout de suite, en s'éloignant à la
course ; mais dans le dernier regard qu'il me
lança, il n'y avait plus aucun sourire ; il y
avait cette couleur nue, brûlée, qui cause une
douleur soudaine : il s'envola au fond de

l'étroite avenue funèbre du dock, entraînant dans un ultime frémissement ses longs haillons blancs.

Le soir, au dîner, je tourmentai Moravia et Elsa, avec mes scrupules : nous étions, maintenant, à la fin de notre voyage en Inde, et la peine et la pitié nous avaient laissés à moitié exsangues. Chaque fois qu'en Inde on laisse une personne, on a l'impression d'abandonner un moribond qui va se noyer au milieu des épaves d'un naufrage. On ne peut pas résister longtemps à cette situation ; désormais, toute la route de l'Inde, derrière moi, était semée de naufragés qui ne me tendaient même pas la main. Revi me faisait pitié plus que les autres parce qu'il était le seul heureux, comme un chrétien peut l'être. Une pitié qui, à ce moment, sous les lumières aux scintillements lugubres du *Malabar Hotel*, me semblait insoutenable.

Et plus tard encore, sur le gazon entretenu de l'hôtel, près de la mer, dans le croassement des corbeaux, et, au loin, la file des langues de terre au fond du port, encore davantage...

Je décidai que je devais tenter quelque chose : c'était absurde mais je ne pouvais m'en empêcher. Moravia, avec son expérience desséchante et dépourvue de tout sentimentalisme, liée à son aspect romain et catholique, me conseillait virilement de suivre les raisons de ma conscience ; Elsa, en revanche, agressive et douce, prit mon parti, attirée par l'absurde Je me rappelais que, la veille, dans notre promenade à travers Cochin, nous nous étions arrêtés devant une église catholique, et nous avions rencontré le prêtre de cette église, un joyeux Indien, à la peau sombre comme un Noir. Je pensai que peut-être à Cochin, comme en Italie, il y avait quelque organisation catholique qui s'occupait des garçons abandonnés. Il est vrai que les jeunes abandonnés en Inde se comptent par millions : mais il y a aussi des millions de lépreux, et comme il y avait sœur Teresa à Calcutta, il pouvait y avoir ici aussi quelqu'un qui partageât son idéal de vider la mer avec un dé à coudre...

Nous appelâmes Tayaram et nous filâmes vers Cochin. Le soir était déjà assez avancé, les docks étaient déserts. À Cochin, pourtant, tous les bazars étaient encore ouverts, la lumière scintillait partout, et la foule toujours fantasquement vêtue de guenilles flânait dans les venelles, sous les murettes et entre les demeures hollandaises.

L'église que nous cherchions était éteinte, déserte, mais tout près se trouvait l'une de ces enfilades de petites boutiques qui tiennent au creux de la main, et au fond desquelles est recroquevillé le propriétaire, comme une poulette dans sa cage. Là, on nous apprit que le prêtre s'était rendu à une fête, non loin d'ici, et quelqu'un proposa de nous accompagner.

La fête se déroulait derrière une haute murette de ceinture; a travers le portail, on apercevait des pavillons où pullulait une foule, et au fond, une petite scène, sur laquelle, accompagnée par les habituels instruments sauvages, chantait une femme, qui paraissait caricaturale à force de ressasser la même mélodie déchirante et douceâtre.

Devant le portail qui la retenait, dans les lumières de la fête, se pressait une nuée de passants et de curieux : c'était une célébration mahométane, et les visages étaient, pour la plupart, ceux de musulmans, malins et modernes, et l'habituel tourbillon d'enfants, de mendiants.

Quelqu'un alla appeler le prêtre, qui apparut, tout joyeux. Il ne fut pas très facile de lui expliquer les faits, parce que les Indiens perçoivent les choses un peu lentement, ils ont des coordinations compliquées. Mais quand il eut compris, il nous déclara en toute simplicité : « Oui, je vais vous conduire chez Father Wilbert ! »

Nous filâmes alors en voiture entre les bicoques et les masures dispersées sous les palmiers vacillants, et nous arrivâmes devant une petite maison qui laissait filtrer encore une lueur. Nous descendîmes et entrâmes. Father Wilbert était en train d'écouter de la musique classique, du Bach me sembla-t-il, et de lire des journaux, dans une petite pièce enfumée, pleine de meubles sans couleur, comme un petit salon rangé de pauvres gens. Il était encore jeune et il portait, tout comme les saints, une grande barbe et une épaisse chevelure : mais au lieu d'être noires, elles étaient rousses, d'un beau roux flamboyant. Il était en effet hollandais. Comme il se levait, on vit qu'il avait à peu près le double de notre taille. Nous commençâmes à parlementer et Elsa, qui parle anglais mieux que moi, se mit à lui expliquer la chose. Ce fut très simple : Father Wilbert était hollandais et non pas indien et nous nous comprenions, même si nous ne saisissions pas tout. Nous pouvions même aller chercher Revi tout de suite, il l'hébergerait, sans problème, dans son « St. Francis' Boys' Home ». Mais moi, je me demandais (et le lui demandai) s'il n'y aurait pas quelque contrepartie religieuse. Non, absolument pas, aucune tentative de persuasion, simplement l'exemple. L'œil rieur de Father Wilbert, au milieu de sa toison rousse, me convainquit. Oh ! il nous dit que parmi ceux qui venaient chez lui, tout le monde ne restait pas ; beaucoup s'en échappaient, retournaient dans la rue, pourtant, de temps à autre, par la suite, ils faisaient signe... Il parlait de ses garçons comme d'étranges phénomènes un peu drôles ; avec un sourire égaré au milieu de son pelage roux.

Avec Tayaram, aussi doux qu'une petite jeunotte, avec son oui dodelinant, qui ne comprenait rien, nous revînmes rapidement, le long des docks et des entrepôts, au fond du port désert, où resplendissaient, abandonnées, les lumières du *Malabar*.

Il ne me fut pas difficile de retrouver Revi : il était là, au milieu d'un groupe de gueux et de vagabonds, frais et innocent, avec son sourire pénétrant et radieux, comme si la faim, le sommeil, la maladie, la corruption, l'horreur, n'existaient pas et n'avaient aucune prise sur lui. Il approcha, dans le frémissement de ses guenilles, soulevées par le vent et plaquées contre son corps, comme celles d'un petit Tobie, et il m'écouta.

Je lui dis que je l'amenais dans la maison d'un ami à moi, européen, un véritable ami, qui lui donnerait à manger et lui offrirait un lieu où dormir; et il lui enseignerait également un métier; ou même il lui donnerait des cours; ainsi, il pourrait m'écrire en Italie et lire mes lettres. Et moi, ensuite, s'il était gentil, je lui enverrais des cadeaux d'Italie.

Mais il n'était pas nécessaire de me perdre dans tant de discours, il aurait suffi de lui dire : « On y va », et il serait accouru, comme il le fit en effet, pour se faufiler dans la grosse Ford, près de Tayaram, confiant et joyeux, en regardant de temps à autre, derrière le dossier, avec ses yeux qui faisaient rayonner un sourire disponible, blanc, doux comme un flash de miel.

Nous revînmes donc chez Father Wilbert, et nous lui présentâmes le garçon; il s'inclina presque jusqu'à terre, tant il était grand, et en mettant sa grosse barbe rousse à la hauteur du petit visage maure de Revi, il commença avec lui une conversation animée en tamil. Revi répondait avec tranquillité, en s'éclairant chaque fois, timide et brûlant. Et Father Wilbert : et patati et patata, comme un ruban magnétique déroulé à l'envers, dodelinant gracieusement de la tête comme c'est le doux usage des hindous.

«Well», conclut-il, signalant ainsi qu'il était satisfait par le rapide examen de Revi : Revi pouvait rester. Tout était décidé. J'enverrais de temps à autre un peu d'argent d'Italie. Nous n'avions plus qu'à nous en aller. Oui, nous n'avions plus qu'à nous en aller. Je jetai un dernier regard, je fis un dernier salut à Revi, debout raide entre les meubles et les paperasses du père, je serrai l'énorme main de Father Wilbert, grand comme un lansquenet, rieur.

Mais quand nous fûmes à mi-chemin, sur le pont qui réunit Cochin à l'île qui se trouve au milieu du port, Elsa se rendit compte qu'elle avait oublié, dans le salon du père, un livre auquel elle tenait beaucoup : nous devions, à tout prix, revenir sur nos pas.

L'obscurité était déjà totale autour de la maisonnette. Nous sonnâmes, avec inquiétude, et les chiens accoururent, les pauvres, des chiens indiens terrorisés, et puis une lumière s'alluma, et Father Wilbert, rieur, réapparut. Mais, comme Elsa reprenait son livre des grosses mains du Père, je demandai timidement si, puisque nous étions revenus, nous pouvions jeter un coup d'œil à sa maison ; il leva les bras au ciel, heureux, et nous fit visiter les lieux.

Nous laissâmes le salon, où il s'était remis à entendre la musique de Bach, et nous sortîmes. Nous nous trouvâmes face à une petite construction à un étage, derrière le bâtiment principal de la maison, qui s'avançait dans une courette, autour de l'inévitable palmier C'était tout. Nous nous approchâmes et, sous le balconnet de bois qui entourait cette espèce de petit entrepôt, nous vîmes d'innombrables corps étendus. Father Wilbert nous faisait manifestement signe de nous taire, en portant son gros doigt au nez, rosâtre sur sa grande barbe rousse blondoyante à la lumière de la lune, et riant doucement. Quand nous nous trouvâmes au-dessus de cet amas de corps étendus, il ne put contenir un éclat de rire, proche du ricanement : il avait honte, un peu pour la pauvreté de sa maison, un peu pour eux, ses garçons, étendus là, pour dormir comme autant de pauvres bêtes, le ventre à l'air, dans leurs misérables vêtements coloniaux, sans défense, drôles dans leur sommeil.

Il nous conduisit au milieu de ces petits corps tout juste adolescents, qui dormaient en désordre, de toute évidence surpris par le sommeil dans la dernière position où ils se trouvaient, quand ils prenaient l'air à la nuit tombée, bavardant ou jouant : on aurait dit des assassinés, s'il n'y avait eu leur respiration douce et intense. Father Wilbert nous chuchota qu'ils étaient habitués à dormir ainsi, qu'ils n'auraient pas été capables de s'accoutumer au lit et qu'il voulait les laisser à leurs habitudes, même à celle de vagabonder, s'ils le voulaient, même à celle de fumer ; tout changement soudain aurait été dangereux pour son rapport avec eux... Il parlait tout doucement, et de temps en temps, il riait un peu, en rentrant la tête dans les épaules. Dans ses yeux, il y avait une bonté angélique. Il ajouta, dans un murmure, qu'il espérait commencer dans

quelques jours la construction du deuxième
étage de la maison. Tandis qu'il parlait,
nous entrâmes dans la grande pièce laide
et sombre. Là également, un chaos d'inno-
cents, plongés dans un sommeil puissant.
Revi se trouvait dans un petit coin, près de la
porte, peut-être dans un endroit réservé aux
hôtes, car il n'était pas étendu sur le sol nu,
mais sur une espèce d'étoffe blanche. Dès
que nous entrâmes, il nous entendit et se
leva. L'éclair de son sourire s'alluma aussitôt, mais il semblait un peu épuisé, éteint.
Quand nous passâmes devant lui, pour sortir
de l'autre côté, il me regarda fixement,
comme s'il avait peur. Je lui dis quelque
chose, en balbutiant : que s'il était gentil, je
lui enverrais des cadeaux d'Italie, que nous
nous écririons, que Father Wilbert était gentil. Mais il me mit sa menotte sur le bras et
sans cesser de me regarder avec un petit
visage qui maintenant ne semblait plus être
celui d'un petit garçon, mais presque celui
d'un adolescent, il me demanda : «Tu revien-
dras d'Italie? — Mais oui, balbutiai-je, je
reviendrai, je reviendrai... » Je ne parvenais
plus à le regarder en face, il n'y avait rien,
rien à faire, sinon d'espérer en Father Wil-

bert. Father Wilbert était là, grand dans sa soutane, contre les palmiers, tordus et inanimés, qui souriait avec sa grande barbe, sous une lune perdue dans le ciel, comme par une nuit de peste.

IV

Rencontre dans la banlieue
de Gwalior.
L'« histoire » de la soirée passée
avec Muti Lal.
L'Inde, au fond, est un petit pays...
Impression sur la bourgeoisie indienne.
L'idéal indien de la beauté physique.
Exemples de bourgeois :
Rotary Club à Aurangabad, cocktail
cinématographique à Calcutta,
pique-nique à Tekkadi.
Le chant des Indiens.

On aurait dit le visage de saint Sébastien :
incliné un peu sur une épaule, les lèvres gon-
flées et presque blanches, les yeux comme
enduits de larmes sèches et une paupière
étirée et rouge. Il marchait sur l'accotement
d'une route bordée d'arbres, dans la banlieue de Gwalior et, s'étant rendu compte
que je l'avais pendant un instant observé, il
nous suivait maintenant, avec un sourire
douloureux.

Il était couvert des habituelles guenilles
blanches, et autour de lui, le long de cette
avenue périphérique (si périphérie et centre
ont un sens pour les villes indiennes), l'habituelle misère lugubre, les habituelles boutiques de la taille d'une boîte, les habituelles
bicoques en ruine, les habituels entrepôts
pourris par le souffle des moussons, l'habi-

tuelle odeur, très forte, qui prend à la gorge. Cette odeur de pauvres nourritures et de cadavre, qui, en Inde, est comme un continuel souffle puissant qui donne une sorte de fièvre. C'est cette odeur, qui, devenue, peu à peu, une entité physique presque animée, semble interrompre le cours normal de la vie dans le corps des Indiens. Son relent, frappant ces pauvres petits corps couverts de toile légère et souillée, paraît les miner, les empêchant de croître, de parvenir à un achèvement humain.

C'est donc dans cette puissante odeur que Muti Lal nous suivait, avec humilité et angoisse. Tout Indien est un mendiant, même ceux qui ne le font pas par profession, si l'occasion se présente à eux, ne renoncent pas à essayer de tendre la main.

Notre hôtel se dressait au fond d'un pré trop vert, et poussiéreux, avec la solennité sinistre d'un établissement de soins.

Moravia, quand il eut achevé la petite promenade hygiénique qu'il s'était concédée au milieu de la « gueuserie », sans hésiter un instant, se dirigea vers l'hôtel, malgré la perspective désespérée de cette chambre énorme, garnie de meubles désolés, avec sa moustiquaire grisâtre et ses cafards morts dans la salle de bains.

Je préférai m'arrêter à l'entrée, sur cette avenue de banlieue qui avait l'apparence d'une avenue européenne. Je regardai Muti Lal qui ne cessait de sourire douloureusement, et je lui adressai la parole. Nous nous présentâmes, et il me révéla aussitôt tout de sa vie, comme font les garçons du monde entier. Il venait de Patyali, dans la province d'Eata, où il avait sa famille. Il travaillait à Gwalior, dans un magasin, comme employé. Il dormait, avec quelques-uns de ses camarades, sur le trottoir. C'était un brahmane, comme la désinence de son nom me l'avait fait comprendre. Il avait la peau claire, presque blanche, et ses traits étaient ceux, un peu incertains et délicats, d'un garçon bourgeois européen. Il savait, en effet, lire et écrire, et, même, devait avoir également fréquenté une *high school*; son visage s'illumina entièrement quand il sut que j'étais journaliste, il voulut savoir le nom du journal pour lequel j'écrirais mes articles sur l'Inde et il me demanda, avec inquiétude, si j'écrirais aussi l'« histoire » de notre soirée. C'était, donc, un bourgeois.

Qu'il soit bien clair que l'Inde n'a rien de mystérieux, comme le prétendent les légendes. Au fond, il s'agit d'un petit pays, avec seulement quatre ou cinq grandes villes, dont une seule, Bombay, est digne de ce nom ; sans industrie, ou presque ; très uniforme et avec des stratifications et des cristallisations historiques très simples.

En substance, il s'agit d'un énorme sous-prolétariat agricole, bloqué depuis des siècles dans ses institutions par la domination étrangère : ce qui a entraîné le maintien de ces institutions et en même temps, à cause d'un tel maintien forcé et antinaturel, leur dégénérescence.

En réalité, un pays comme l'Inde, d'un point de vue intellectuel, il est facile de le posséder. Ensuite, bien sûr, on peut se perdre, au milieu de cette foule de quatre cents millions d'âmes, mais se perdre comme dans un rébus dont, avec la patience, on peut venir à bout : ce sont les détails qui sont difficiles, et non pas la substance.

L'un des « détails » les plus difficiles de ce monde, c'est la bourgeoisie. Bien sûr, nous autres Italiens, nous avons un point de référence, vaguement semblable à celui de l'Inde, si nous pensons à notre bourgeoisie méridionale : formation récente, imitation d'un autre type de bourgeoisie, déséquilibre psychologique, avec de fortes contradictions, d'une morgue stupide et cruelle à une compréhension sincère des problèmes populaires, etc.

Quoi qu'il en soit, dans la bourgeoisie indienne, il y a quelque chose de terriblement incertain, qui suscite un sentiment de pitié et de peur.

Il s'agit, évidemment, d'une « disproportion » presque inhumaine dans les rapports avec la réalité où elle vit elle-même, et où vivent les masses énormes de sous-prolétaires qui l'entourent comme un océan. Il est vrai que les bourgeois indiens y naissent, dans cet enfer : dans ces villes informes et affamées, dans ces villages construits de boue et de bouse de vache, au milieu des disettes et des épidémies. Malgré tout, elle en paraît traumatisée. Elle en devient presque aphasique ou du moins aphone. Les patrons des boutiques, les rares professionnels ont un air toujours épouvanté, souvent abêti. Devant les Européens, qui représentent encore un modèle qui leur paraît inaccessible, ils perdent presque la parole.

Ils s'enferment ainsi dans la vie familiale, à laquelle ils donnent une importance absolue : pleins d'enfants, ils en cultivent la douceur; leur douceur mise à l'épreuve se perpétue dans la douceur tendre de leurs enfants et le cercle se referme ainsi, non sans bassesse ni sans égoïsme.

Ce qu'est la bourgeoisie indienne, c'est surtout en Afrique que je l'ai vu, au Kenya, où se trouvent quelques dizaines de milliers d'Indiens (amenés par les Anglais pour construire le chemin de fer, quand les Africains étaient encore inutilisables), qui constituent maintenant la petite bourgeoisie de l'endroit. Perdant tout éclat. Antipathiques aux Africains, ils cultivent la douceur familiale autour de la boutique qui leur fournit une certaine aisance ou même un peu de richesse : avec, par en dessous, la douleur de ne pas être encore des Européens.

Je me rappelle que je roulais dans les rues de Mombasa en voiture, quand une silhouette traversa, incertaine, en risquant de se faire renverser, et mon chauffeur noir, 'Ngomu, se frappa le front avec un doigt, en disant, comme s'il s'agissait d'une chose acquise et naturelle : *Indian : stupid.*

Et une autre fois, je marchais dans des venelles de Zanzibar, la nuit, au milieu de tas d'immondices, et les deux jeunes Noirs qui se trouvaient avec moi, Snani et Bwanatosha, me dirent, en regardant la saleté autour de nous, sur le même ton : *Indian : dirty.*

Mais il n'est même pas exact de parler de résignation et de fatalisme, parce que chez les bourgeois indiens, on peut toujours discerner une espèce d'angoisse, d'attente, quoique semblant ternies et inefficaces.

Muti Lal voulut m'amener au théâtre. Nous nous retrouvâmes après dîner, après quelques heures passées dans la chambre désespérante au rez-de-chaussée de l'hôtel gouvernemental, qui semblait avoir été faite exprès pour accueillir des cobras, et nous allâmes ensemble, dans l'avenue maintenant plongée dans l'obscurité, hantée seulement par son odeur vague et terrible.

Nous marchâmes longuement, entre un entassement d'atroces masures, des murettes autour de prés timorés, et nous arrivâmes à une espèce de foire : comme toujours, dans l'obscurité, avec les lumières allumées, tout semblait fastueux, fantastique, digne des *Mille et Une Nuits.*

Nous marchâmes, au milieu des tentures illuminées, pendant un bon moment, dans une foule vêtue de manteaux et de péplums, avec leurs turbans entortillés sur les plus belles chevelures du monde, noires et ondulées, et nous arrivâmes au théâtre.

C'était une grande tenture, entourée d'une enfilade de loqueteux : les uns jouaient les gardiens, les autres se contentaient de paresser, en écoutant la musique aux violents remous, rythmée par le fracas du tambour, à l'extérieur du chapiteau.

Muti Lal acheta les billets et nous entrâmes.

Il fallait descendre trois ou quatre marches de boue, car le théâtre était un long rectangle creusé, précisément, dans de la boue jaune, et recouvert d'un drap.

Une cinquantaine de rangées de chaises déglinguées le remplissait, et l'on voyait, serrés, les visages alignés des Indiens, avec leurs chiffons et leurs turbans. Il faisait froid et tout le monde tremblait, couvert de cette toile légère, une simple écharpe autour de la tête. Une longue file de spectateurs se tenait accroupie au bord du creux rectangulaire, contre la tente.

Quelques chaises isolées, juste sous la scène, se trouvaient au moins à quatre ou cinq mètres des autres rangées : c'étaient les meilleures places. C'est là que me conduisit Muti Lal, heureux, et moi, je m'assis entre lui et un commerçant barbu, absorbé par le drame.

On s'était contenté de conserver la boue, sans la creuser, pour obtenir le podium devant la scène si bien qu'il était rattaché à la rampe, sur les côtés, par des marches informes en boue jaune. Les musiciens étaient amassés dessus : ils jouaient d'une espèce de pianola, du tambour et d'un instrument à vent. Ces instruments faisaient un tintamarre assourdissant, en accompagnant et en soutenant avec une violence inouïe les chants déchirants et pathétiques des acteurs.

Ces derniers étaient gras et replets ; ils représentaient, il est vrai, un drame d'aventure, avec des coups de théâtre, des retrouvailles, des rois détrônés, des traîtres et des amours malheureuses, mais ils étaient tous rouges comme des porcelets, avec des joues bien remplies, de belles cuisses grassouillettes. Le sommet de la virilité était représenté, chez le héros, par une paire de moustaches noires qui semblaient postiches et qui se dressaient fièrement sur le fond rosâtre du visage.

Je ne tardai pas à m'apercevoir qu'ils étaient maquillés : sous le visage rouge et blanc, on voyait la peau noire du cou et de la poitrine.

L'idéal héroïque et érotique des Indiens etait donc de couleur blanche et pourvu de respectables rondeurs.

En effet, dans toutes les petites villes, les affiches de cinéma, peintes de manière simpliste et monotone, représentaient des quantités de protagonistes entièrement blancs, avec de bonnes joues rondelettes et un double menton. Or, tous les Indiens sont menus, maigres, avec de petits corps de bébés, extraordinaires jusqu'à vingt ans, gracieux et pathétiques par la suite. Qu'est-ce donc qui explique ce monstrueux idéal de beauté ? Quel abîme entre ces héros courts sur pattes et rondouillards et mon pauvre Muti Lal, émacié, maladif, pâle, qui buvait, en tremblant de froid, le thé bouillant, qu'un de ses semblables lui offrait dans une tasse dégoûtante.

C'est ainsi que j'ai appris à reconnaître un certain type de bourgeois indien : très rare encore, pour dire la vérité. On le trouve dans certains grands hôtels ou dans les boutiques des aéroports. Il est massif, corpulent, avec des cheveux qui pourraient être très beaux, comme ceux de presque tous les Indiens, si un coiffeur, plein de bonnes intentions, ne les avait rendus semblables à deux ailes de corbeau, plaquées sur la nuque rasée ; il a une femme grasse, vêtue d'un sari au rose et au jaune resplendissants, le profil aigu entre des joues rondes, et un léger duvet sur la lèvre supérieure ; et une fille habillée à l'européenne, étrangement disgraciée, qui rit comme un disque rayé.

C'est la bourgeoisie qui, quoique encore de très loin, s'apprête à occuper la place laissée vacante par les maharadjahs détrônés, néanmoins très riches (eux aussi totalement éteints, à tout point de vue ; j'en ai vu un avec sa petite sœur, au *Ritz* qui est la meilleure, mais unique, boîte pour riches de Bombay ; on aurait dit un pantin décoloré, vêtu à l'européenne, entouré de femmes européennes, avec lesquelles il dansait la valse).

La vigueur qu'a en Inde cette institution antipathique qui s'appelle Rotary Club est tout à fait extraordinaire. Il n'y avait pas un seul de nos hôtels (et les hôtels devaient nécessairement être de premier ordre) où nous ne tombions sur des cocktails. Mais on aurait dit des réunions de morts. Embaumés, avec sur eux leurs beaux saris flamboyants. Je me rappelle notre arrivée à Aurangabad, qui était la première petite ville vraiment indienne que nous visitions, après Bombay. Avant d'aller à l'hôtel, de l'aéroport, nous avions voulu tout de suite passer par le centre de la ville, obéissant à l'exigence de notre impatience de voir : c'était déjà la nuit, les choses apparaissaient et disparaissaient comme des visions, nimbées dans des faisceaux de lumière à l'air indiciblement « oriental » : une porte musulmane, comme une épave dans une mer de taudis, alignés, comme boiteux, avec leurs méchantes petites boutiques couvertes d'étoffes et de nourritures aux mille couleurs, et devant ce tourbillon de population, avec leurs tissus bleus, rouges sur la tête, vêtements absurdes, d'une époque éloignée de la nôtre de plusieurs millénaires, avec ces chevrettes, ces vaches, ces pousse-pousse... Le long des bas-côtés de la rue principale (qui ressemblait à un long boyau, avec les parois des petites maisons à un étage, accolées l'une à l'autre, délabrées, chacune avec un petit magasin illuminé et grouillant) s'écoulaient les eaux dans les rigoles qui, donc, passaient sous les boutiques auxquelles on avait accès par quelques marches défoncées... On apercevait soudain des enfants qui ramassaient par terre de la bouse de vache, en la mettant dans des paniers plats et larges... Des groupes de petits musulmans avec leurs livres sous les bras... Une latrine, deux murettes d'une cinquantaine de centimètres au-dessus de la rigole, entre lesquels les Indiens urinaient accroupis, comme c'est l'usage chez eux... Et les corbeaux, toujours présents à travers toute l'Inde avec leur cri aveugle... Nous avions traversé toute la ville, qui, comme toutes les villes indiennes, n'est qu'un amas sans forme, autour d'un marché, nous sommes sortis par une autre porte musulmane, et, dans la campagne parsemée d'édifices scolaires et de casernes, héritage des Anglais, nous étions arrivés à l'hôtel. Une construction légère à un seul étage, très élégante, avec deux longues ailes sur lesquelles les portes des chambres ouvraient sur un porche, adoucie par le décor d'un grand jardin, planté de banians et de bougainvillées. En entrant dans le petit hall, peint en clair, avec des oisillons qui voletaient en toute liberté, nous ne nous sommes aperçus, sur le moment, de rien : mais, après quelques instants, notre attention fut attirée par une véritable foule qui occupait ce hall : messieurs habillés de blanc et dames en sari, tous assis sur des chaises alignées le long des murs. Ils se taisaient ou ils parlaient en murmurant à peine. C'étaient des riches, membres du Rotary Club, précisément, parfaitement inconcevables dans un horizon social tel que celui qu'on pouvait percevoir à Aurangabad. Au bout de quelques minutes, ils s'étaient mis à dîner, autour d'une très longue table, sous le portique d'une des ailes de l'hôtel, muets dans la lumière intense qui les isolait de la sinistre nuit de la campagne, non dépourvue de cobras et de tigres, où des milliers de misérables dormaient dans leurs masures ou sur la terre nue, d'un sommeil biblique.

J'ai également un souvenir à Calcutta : cette fois-ci, il ne s'agissait pas d'une réunion du Rotary, mais d'un cocktail en l'honneur

de je ne sais quelle actrice, encore une gras-
souillette aux yeux en billes de loto : il y avait
eu une fête sinistre, avec musiques et danses
traditionnelles, dans la salle à manger de
l'hôtel ; ensuite, les invités s'étaient dispersés
dehors, dans les couloirs et dans les salons,
avec ces grandes parois et ces grands ventilateurs suspendus, sur le fond rouge des
velours et dans ces boiseries légères de la
vaste élégance coloniale : ils étaient tous à
moitié ivres (les Indiens s'enivrent faci-
lement, et dans de nombreux États règne
la prohibition), lugubrement joyeux mais
muets. Ils étaient incapables d'échanger
quelques mots. Et bien entendu, autour de
ce cocktail s'étendait Calcutta, la ville infinie
où toute douleur et tout malaise humains
atteignent la dernière extrémité, et la vie se
déroule comme un ballet funèbre.

Les gens qui, en Inde, ont étudié, ou
possèdent quelque chose, ou, en tout cas,
exercent cette fonction que l'on appelle
« diriger », savent qu'il ne leur reste aucun
espoir : dès qu'ils sont sortis, à travers une
conscience culturelle moderne, de l'enfer, ils
savent qu'ils devront rester dans l'enfer.
L'horizon d'une renaissance, fût-elle incer-

taine, n'est pas même entr'aperçu par cette génération, ni par la suivante, et combien d'autres faudra-t-il encore attendre ? L'absence de toute espérance concrète conduit les bourgeois indiens, je le répète, à se raccrocher à l'une de leurs rares certitudes : la famille. Ils s'y enferment pour ne pas voir et ne pas être vus. Ils ont un sens civique très noble et leurs idéaux, Gandhi et Nehru, sont là pour en témoigner : ils possèdent une qualité exceptionnelle dans le monde moderne : la tolérance. Malgré l'incapacité d'agir, cela les contraint à un état de renoncement qui rapetisse leur horizon mental, mais une telle étroitesse, pour le moment, est infiniment plus émouvante qu'irritante. Et une chose est certaine, ce n'est jamais vulgaire. Bien que l'Inde soit un enfer de misère, il est merveilleux d'y vivre, parce qu'elle est presque absolument dépourvue de vulgarité. Même la vulgarité du « héros », auquel le pauvre Indien s'identifie (le rondouillard tout rose avec ses moustaches noires) est, en réalité, tout à fait naïve et drôle, trait caractéristique, du reste, de toutes les communautés paysannes. Les rondouillards à moustaches noires, vulgaires au vrai sens du terme (c'est-à-dire, dans ce cas, contaminés par l'imitation d'une bourgeoisie étrangère et, pour être encore plus précis, par l'américanisme), sont très rares. À Tekkadi, lieu perdu au cœur du Midi, j'ai vu, de mes propres yeux, les deux types de bourgeois différents, et en particulier dans leur rapport numérique.

Tekkadi est un lieu de tourisme : un petit hôtel à la limite de l'État de Kerala et de celui de Madras, au milieu d'une forêt, sur les rives d'un grand lac artificiel. On y va parce que l'on prétend qu'il s'y trouve des animaux sauvages, au point que, dans le programme touristique, on prévoit un tour en barque sur le lac, à l'aube, à l'heure où les bêtes viennent s'abreuver. En réalité, nous n'avons rien vu du tout et le plaisir ingénu de voir des bêtes en liberté, c'est à l'Afrique que j'ai dû le demander.

Le jour où nous sommes arrivés à Tekkadi était la célébration du quinzième anniversaire de l'indépendance de l'Inde. De tous les villages que nous traversions, émanait cet air de noble fête nationale, très élémentaire, parce que, comme je le disais, l'Inde est un pays extrêmement simple et paysan. Des drapeaux flottaient sur les pauvres masures parmi les palmiers, des rangées de petits écoliers remplissaient les rues, des assemblées disciplinées s'asseyaient au milieu des terre-pleins poussiéreux des villages.

À l'occasion de la fête, de nombreux groupes organisés étaient venus en excursion à Tekkadi : que ce soit clair, il y avait beaucoup de simplicité et de pauvreté, mais l'atmosphère était semblable à celle de certains endroits touristiques en Europe, le dimanche.

Le soir tombait : le lac, devant nous, était redoutable, dans son silence primordial, hostile à l'humanité. Mais tout autour, on entendait des voix, des rires qui montaient des groupes.

Avant le dîner, Moravia et moi, allâmes faire un tour, dans l'avenue qui entourait l'hôtel qui, avec son air un peu suisse, dominait le lac lugubre, de la hauteur d'un long promontoire.

Tandis que nous marchions, une 1100 noire (oui, une Fiat 1100, voiture très répandue en Inde) vint dans notre direction, avec quatre ou cinq jeunes passagers, grassouillets, roses, avec des moustaches noires ;

elle fit mine de nous venir dessus, avec un insolent coup de klaxon, rien de plus. Mais ce fut l'unique, et misérable manifestation de voyous et de vulgarité, durant tout notre séjour en Inde : une chose digne de Milan ou de Palerme. Que Dieu veuille que ce ne soit pas le chemin promis à la bourgeoisie tout juste formée en Inde. Évidemment, le danger est là, objectivement. Les faibles ont une forte tendance à devenir violents, les fragiles à devenir féroces ; il serait terrible qu'un peuple de quatre cents millions d'habitants, qui en ce moment a un poids aussi fort sur la scène historique et politique du monde, ne trouve que cette manière mécanique et dégradée de s'occidentaliser. On peut tout souhaiter à ce peuple, sauf l'expérience bourgeoise, qui finirait par devenir infatuée, chaotique et rétrograde. En tout cas, ces rondouillards à moustaches n'étaient que quatre, rien par rapport à ces groupes scolaires, avec leurs professeurs, que nous rencontrâmes peu après en continuant notre promenade.

Ils étaient, tous, habillés en blanc mais cette fois-ci, les tissus etaient vraiment immaculés et neufs, parce que c'était un jour de fête, la célébration de l'Indépendance. Le grand drap qui enveloppait leurs hanches, ou qui descendait jusqu'aux chevilles, ou qui entourait leurs membres et était noué sur le ventre, de manière à laisser les jambes nues, la tunique ou la chemisette blanche, et l'étroit turban blanc sur des cheveux noirs et ondulés, avec leurs mèches et leurs touffes si romantiques et barbares à la fois : tout était soigné et pur.

Ils se tenaient au fond des gradins herbeux qui donnaient sur le lac déjà éteint, dans les dernières lueurs sanglantes du crépuscule.

Nous allâmes nous asseoir également sur les gradins devant eux, et nous avions commencé à échanger quelques regards timides. Quelle différence avec les élèves de chez nous ! D'une sagesse exemplaire, presque en silence, ils bavardaient entre eux et avec leurs professeurs, dans un murmure. Toute la félicité de cette heure et de ces circonstances semblait nichée dans leurs yeux sombres, brillants dans ces visages sombres, dans ces minois tendres et humbles. Ils nous regardaient, Moravia et moi, tantôt à la dérobée, tantôt avec un franc sourire. Mais ils n'osaient pas nous parler, et nous aussi, nous

nous taisions, presque dans la crainte de briser ce courant de sympathie qui, bien que muet, était si riche. Ils semblaient, eux aussi, l'avoir compris, maîtres et élèves, que le mieux était de nous regarder et de nous sourire ainsi, en silence.

Cinq, dix minutes passèrent ainsi, un quart d'heure. La lumière du couchant devenait de plus en plus faible et nous étions là, les uns devant les autres à nous regarder · leurs tissus d'antiques païens gagnaient en candeur immaculée et en douceur leur sympathie silencieuse.

Ensuite, l'un d'eux, après avoir échangé quelques paroles presque murmurées avec ses compagnons, s'avança vers nous, descendant de l'endroit un peu surélevé où il se trouvait, et se mettant à notre hauteur ; ses camarades étaient assis autour de lui, accroupis sur l'herbe sèche, il tenait, à la main, une flûte à bec ou à tuyaux, je ne sais plus, en tout cas un petit instrument à vent, presque caché entre les plis de sa tunique. Il ne savait pas s'il devait jouer ou non, et ses compagnons souriaient tout autour, l'encourageaient. Alors, il se décida. Il s'accroupit sur l'herbe, et, le visage tourné vers nous, comme celui de tous ses camarades, il se mit à jouer. C'était une vieille mélodie indienne, parce que l'Inde est réfractaire à toute influence musicale étrangère; je crois même que les Indiens ne sont pas physiquement en mesure d'entendre d'autre musique que la leur. C'était une phrase hachurée, étouffée, haletante, qui finissait toujours, comme tous les airs indiens, par une sorte de lamentation presque gutturale, un râle doux et pathétique mais, à l'intérieur de cette tristesse, était contenue une espèce de gaieté noble et ingénue.

Le garçon jouait de sa flûte, et nous regardait. Il donnait l'impression de nous parler, en jouant ainsi, de nous faire un long discours, pour lui-même et pour ses camarades.

« Nous voici donc, semblait-il dire, nous autres, pauvres petits Indiens, avec nos tissus qui couvrent tout juste nos petits corps, nus et sombres, comme ceux des animaux, chevreaux et agnelets. Nous allons à l'école, c'est vrai, nous étudions. Nous voici autour de messieurs nos professeurs. Nous avons une ancienne religion à nous, compliquée et assez terrible, et, en plus, précisément aujourd'hui, avec des drapeaux et de petites processions, nous célébrons la fête de notre indépendance.

« Mais quelle longue route, il nous reste encore à accomplir ! Nos villages sont construits avec de la boue et avec de la bouse de vache, nos villes ne sont que d'informes marchés, faits de poussière et de misère. Des maladies de toutes sortes nous menacent : la variole et la peste sont entre nos murs, comme les serpents. Et tant de petits frères naissent chez nous que nous ne trouvons plus le moyen de nous partager une seule poignée de riz. Qu'est-ce que nous deviendrons ? Qu'est-ce que nous pouvons faire ? Pourtant, dans cette tragédie, il nous reste quelque chose qui, si ce n'est pas de la gaieté, en est presque, c'est de la tendresse, une humilité envers le monde, de l'amour... Avec ce sourire, toi, étranger chanceux, de retour dans ta patrie, tu te souviendras de nous, pauvres petits Indiens... »

Il continua de jouer et de parler ainsi, longuement, dans le silence angoissant du lac.

V

*Difficultés pour le « bistouri »
historique d'analyser les traditions
de castes en Inde.
En quoi consiste le sentiment d'identité
des hindous : la fixation qui dégénère.
Exemples d'une telle fixation
(qui n'a rien du conformisme mesquin
des Européens) : les fonctions,
le rituel culinaire, etc.
La mort « codifiée » d'une vieille habillée
de vert à Ajanta.
Types d'intellectuels indiens :
poètes, critiques, journalistes...
Pathétiques petites piques contre Nehru.*

Nehru a déclaré publiquement, devant la totalité de ses quatre cents millions de concitoyens, qu'il n'était pas croyant, que la religion était certes une belle chose, mais qu'elle ne l'intéressait personnellement pas du tout.

Cette extraordinaire liberté de pensée, ce manque intégral d'hypocrisie est l'un des faits les plus remarquables de l'époque où nous vivons.

Que ce soit bien clair : je dirais la même chose si un président du Conseil, religieux, disait devant ses quatre cents millions de sujets non croyants qu'il était croyant. Or, nous avons affaire au cas réel, et non pas hypothétique, de Nehru. Il faut qu'il représente, dans notre conscience, une réalité bien ancrée : cette conscience, particulièrement durant ces dernières années, surtout depuis que les peuples sous-développés sont passés sur le devant de la scène, de l'Inde à l'Indonésie et à l'Afrique, commence par ne plus se contenter d'être simplement européenne, mais tend à devenir mondiale. Les traditions nationales, ainsi, rapetissent jusqu'à l'étroitesse, deviennent fastidieuses et insupportables. Nehru est né à Allahabad, une ville de la plaine du Gange, dans une famille bourgeoise, mais sa formation est anglaise. Et, de la culture anglaise, il a intériorisé la qualité la plus typique : l'empirisme. En ce moment, Nehru n'est ni anglais ni indien : c'est un citoyen du monde qui, avec une douceur indienne et un pragmatisme anglais, s'occupe des problèmes d'un des grands pays du monde.

Il y a donc un détachement remarquable entre Nehru et l'Inde : un détachement qui, à certains moments, est un véritable gouffre. L'Inde est, en effet, plongée encore dans ses traditions nationales, qui, par la suite, s'émiettent en mille traditions nationales différentes, aussi nombreuses que les États qui composent la fédération indienne. Il est vrai que, géographiquement, architectoniquement, il y a, en Inde, une uniformité qui n'a rien à envier à celle de la France ou de la Hollande : une uniformité qui frise même l'obsession et la monotonie. Mais la diversité est secrète et intérieure, elle est due à un autre type de tradition que celle que notre historicisme est habitué à prendre en considération : facilite, du reste, par les différences patentes de l'histoire, de la géographie, des styles et des folklores de l'Europe. En Inde, la tradition est celle des « castes ». Et ses fossilisations parcourent les « surfaces internes » du pays, il est donc très difficile pour le « bistouri » historique, de les isoler et de les analyser.

De plus, elles se sont « conservées » dans des conditions évidemment complexes, c'est-a-dire à travers les divers milieux statiques créés par les dominations étrangères successives, c'est pourquoi leur conservation est en réalité une dégénérescence.

Les Indiens, en ce moment, forment un immense peuple d'êtres vacillants, confus, comme des personnes qui auraient longtemps vecu dans l'obscurité et seraient brutalement conduites à la lumière.

Leur réaction est douce, manifestant une stupeur maîtrisée et humble. Mais toute cette ombre redoutable d'où ils viennent tout juste de sortir continue de peser, de manière menaçante, sur leur horizon. Par exemple, les castes ont été abolies. La vie, maintenant, se déroule comme si cette abolition était réelle; en réalité, elle ne l'est pas encore. Les Indiens, peut-être, s'en rendent compte à tout moment de la journée, en toute circonstance. Mais pour un observateur comme je l'étais, la chose avait un air d'équivoque et de dérobade.

Est-il absolument vrai que les intouchables n'existent plus? En pratique, je donnais la main à tous ceux sur lesquels je tombais, et tout le monde me la donnait, sans gêne aucune : et pourtant des témoins dignes de foi, indiens et européens, continuaient a répéter avec insistance que les intouchables n'avaient pas du tout disparu.

Peut-on concevoir un peuple moderne où soient maintenus des millions d'intouchables? Les Indiens sont, du reste, innombrables et leur population ne cesse de croître : ils sont, pour ainsi dire, impossibles à dénombrer; il n'existe pas, en effet, d'état civil. L'unique différenciation entre un individu et un autre est, en pratique, son credo et

108

son rite religieux : ce à quoi, précisément, les individus se raccrochent avec une folle ténacité, en se spécialisant avec un particularisme qui ne sert à rien, c'est la pure et maniaque extériorité rituelle.

C'est pourquoi, tout Indien tend à « se fixer », à se reconnaître dans l'aspect mécanique d'une fonction, dans la répétition d'un acte. Sans ce mécanisme et cette répétition, son sentiment d'identité recevrait un sale coup : il tendrait à se défaire et à s'évaporer. C'est pourquoi, à tous les niveaux, les Indiens apparaissent comme codifiés. C'est ce qu'on appelle conformisme en Europe, mais qui, ici, n'étant ni bourgeois ni petit-bourgeois, mais traditionnel, d'une tradition ancienne et désespérée, n'a rien de mesquin ni de restreint . la petitesse à laquelle il réduit l'homme a quelque chose de grandiose.

Tout, en Inde, si l'on observe bien les choses, a tendance à se classifier, c'est-à-dire à se fixer, en dégénérant.

On a de ce phénomène des exemples innombrables, si confus soient-ils. Dans les maisons et dans les hôtels, les fonctions des serviteurs suivent des divisions et obéissent à des prérogatives pathologiques : un brahmane ne pourra pas faire ce qui revient à un sikh, et un sikh ne se résoudra jamais à faire ce qui est réservé à un intouchable. Entrer dans un hôtel signifie entrer au cœur d'une série de folles spécialisations. D'autres folles spécialisations se révèlent durant les repas, et les femmes de diplomates le savent parfaitement, quand elles doivent organiser un dîner, où sont invités des hindous, des musulmans, des brahmanes, etc. ; il doit y avoir cent qualités de plats différents, parce que la nourriture est rituelle et que le rite ne saurait être transgressé.

À un niveau inférieur, dans un restaurant populaire, assister aux repas des autres est un véritable spectacle. Les hindous, par rite, doivent manger avec les mains, ou plutôt avec une seule main, je ne me souviens plus si c'est la gauche ou la droite : on voit, donc, des foules de manchots, qui font des boulettes de riz, les trempent dans la sauce grasse de curry et les portent à la bouche, comme dans une silencieuse gageure.

Parfois, la codification a des aspects sublimes, comme il m'est arrivé de l'observer, en me promenant dans le village d'Ajanta.

C'était au début de mon séjour en Inde :
de Bombay, nous étions allés en avion à
Aurangabad et d'Aurangabad, en voiture,
aux temples d'Ellora, et, précisément, dans
les grottes d'Ajanta. La chaleur était torride,
l'été (qu'en hiver on oublie toujours) était
dans toute sa gloire, le ciel épuisé par un
excès de soleil. Vannés par la visite des
grottes, éparpillées sur un coteau rocheux,
le long d'un petit bras de fleuve pour tigres
et léopards, nous nous étions arrêtés, un
moment, dans le village. Moravia avait pré-
féré rester dans la voiture, dans un filet
d'ombre au milieu des indescriptibles
masures alignées dans des nuées de poussière ; moi, je n'avais pas pu résister au désir
de faire quelques pas.

Les choses me frappaient encore avec une
violence inouïe : riches de questions et, comment dire ? de puissance expressive. Les
couleurs des péplums des femmes, qui là
étaient absolument flambloyants, sans la
moindre délicatesse, des verts qui étaient de
véritables bleus, des bleus qui étaient des
violets ; l'or des aiguières, petites et précieuses comme des écrins ; les foules vêtues
de palpitantes guenilles ; les sourires dans les

visages noirs sous les turbans blancs : tout se réverbérait sur ma rétine, s'y imprimant avec une violence d'une vivacité propre à l'écorcher.

Je m'enfonçai dans la poussière moelleuse qui couvrait la route, étroite entre les rangées de masures de bois peint, surélevées au-dessus des rigoles, petites comme des bergeries ; il y avait, en outre, les inévitables boutiques, avec le marchand accroupi à l'intérieur ; bananes et ananas étaient répandus à terre, des grappes de gamins et de garçons étaient agglutinés tout autour, à l'ombre tourmentée de quelques banians aux racines retombant entre les branches ; et des processions de femmes avançaient dans la saleté, avec leurs petits enfants aux yeux peints. Puis la route tournait à droite, vers une petite porte de pierre médiévale, sur le soubassement de laquelle étaient accroupis de petits bandits, avec du duvet au-dessus de la lèvre supérieure, comme écaillés de quelque pale d'autel.

Là, les maisons étaient de véritables poulaillers : l'une, petite comme un théâtre de marionnettes, grise de saleté, contenait deux ou trois bébés nus ; d'autres petits enfants nus étaient dispersés tout autour. Ils me regardaient fixement, de temps à autre, me criant un mot comme : *Natan, natan!* derrière mon dos.

De l'autre côté de cette petite route, tout entière de poussière et de boue d'égout, il y avait une autre maisonnette : de pierre, celle-ci, avec un haut soubassement, sur lequel une vieille était étendue, juste le long du seuil. Elle semblait clouée à la pierre. Comme dans un cauchemar, elle paraissait vouloir se lever et n'y pas parvenir. Elle agonisait, de toute évidence. Aussi maigre qu'un enfant, la peau tirée par le nœud de ses pauvres nerfs contractés, elle se tenait, là, sur le dos, la nuque sur la pierre, en agitant la tête à droite et à gauche.

Son vêtement était vert, d'un vert éclatant, et il était complètement ouvert sur le devant : sa poitrine dévastée était tout entière découverte. Des enfants, qui m'avaient suivi, la regardaient, maintenant, également, avec moi : dans leur regard pouvait se lire aussi ce léger bouleversement, mais empreint de résignation et d'expiation

Je fis encore quelques pas vers elle, vers le soubassement, et vers le petit égout à sec qui se trouvait au-dessous. Le vert éclatant de l'étoffe, la peau sombre et rabougrie... Mais, de près, je m'aperçus que les mouvements de la bouche, qui semblaient l'expression même de la douleur, la convulsion de l'intolérable, étaient en fait des paroles, des sons. En fait, la vieille mourante chantait. Ce n'était pas vraiment un chant articulé, mais une lamentation, une cantilène. Du reste, tous les chants indiens sont tels. La douleur, l'épouvante, le spasme, la torture, avaient trouvé cet exutoire où se cristalliser : ils échappaient à leur intolérable particularité pour s'organiser et presque s'ordonner dans ce pauvre mécanisme chiffré de paroles et de mélodie.

Ce n'était guère plus qu'un pépiement qui sortait de cette poitrine nue et contorsionnée, de ces pauvres membres parvenus au terme de leur vie physique, enveloppés dans ce vêtement vert de jeune fille, et pourtant, cela suffisait à transformer l'insupportable de la mort en un des innombrables actes, désespérés mais tolérables, de la vie.

Dans ce cas, je le répète, la codification (ou ritualisation qui représente un refuge pour la misère psychologique des hindous) avait quelque chose de sublime. Dans d'autres cas, on se trouve devant un processus exactement contraire, et l'on en arrive au sordide, à l'immonde. Il suffit de penser, par exemple, à l'atroce régression qu'ont subie les mesures hygiéniques.

Selon toute hypothèse, au départ, le caractère intouchable et les ablutions doivent avoir eu une signification hygiénique, même s'il s'agit d'une hypothèse apparemment banale. Il suffit, maintenant, d'aller en bateau sur le Gange, fût-ce sur un siège confortable du pont supérieur, pour constater ce que sont devenues ces ablutions. Dans l'eau du Gange, on plonge les cadavres avant de les brûler ; dans l'eau du Gange, on jette, non brûlés, mais alourdis de deux dalles, les saints, les varioleux et les lépreux ; dans l'eau du Gange, flottent toutes les immondices et les charognes d'une ville qui, pratiquement, est un lazaret, puisque les gens viennent y mourir. Eh bien, dans ces eaux, on voit des centaines de personnes qui se lavent avec soin, en s'y plongeant benoîtement, en y restant immergées jusqu'à la taille, en s'y rinçant mille fois, en se lavant la bouche et les dents : le tout accompagné de gestes mécaniques et névrotiques, faits avec beaucoup de naturel, presque avec désinvolture, comme toujours dans les rites indiens.

Je disais, au début, pour ces raisons, qu'entre l'Inde des castes et son leader éduqué à Cambridge la différence confinait presque au gouffre. Et pourtant, et pourtant... même dans les pinaillages légalistes de Nehru, dans sa défense pointilleuse et presque maniaque du système parlementaire, il reste quelque chose de cette codification paralysante, qui est typique de tous les Indiens. On se rend bien compte que la grammaire parlementaire britannique a été assimilée par une personne qui avait d'autres habitudes grammaticales. En effet, quiconque est autochtone à sa propre grammaire est capable, si c'est nécessaire, de transgressions, d'exceptions et d'innovations, même scandaleuses, qui sont pourtant la vie de cette grammaire institutionnelle · tandis que quiconque est alloglotte par rapport à cette grammaire, n'osera jamais affronter de transgressions ni tenter d'innovations. Son obéissance à la norme sera servile, fût-ce au point de rejoindre le sublime, comme il me semble dans le cas de Nehru. C'est pour cela qu'en visitant l'Inde, j'éprou-

vai à l'égard de son leader, par ailleurs adorable, des mouvements de rage, qui n'étaient
pas rares...

Les journaux indiens partagent ce respect
à l'égard de la norme et de la litote . mais,
alors, ils confinent au ridicule : les quotidiens
de Bombay et de Calcutta, autrement dit de
deux enfers, ressemblent à ceux de Zurich
ou de Bellinzona. Caractères minuscules,
mise en page aristocratique, langue parfaite,
gracieuse et non dépourvue d'humour.

Dans ce cas, la codification a les caracte-
ristiques bien connues du conformisme . en
effet, nous sommes à un niveau qui n'est
plus populaire, mais bourgeois et intellectuel.

En Inde, il y a, environ, quatre-vingt-cinq
pour cent d'analphabètes (qui, toutefois,
sont, dans leur entourage, très cultivés) : il
suffit d'en déduire le petit nombre d'intellectuels qui, bien ou mal, agissent et
jugent et se comportent au niveau de
Nehru et qui soient en mesure de collabo-
rer avec lui.

J'ai eu l'occasion d'en rencontrer beaucoup, de ces intellectuels indiens Je suis, du
reste, allé en Inde sous le prétexte d'une invi

tation, pour la commémoration du poète Tagore, qui est considéré comme le plus grand poète indien moderne, mais qui, en réalité, n'est guère plus qu'un poète dialectal : une espèce de Barbarani ou de Pascarella[1] si vous voulez, avec beaucoup de spiritualisme derrière lui, à la place de notre habituel *qualunquismo*[2]

Dès notre arrivée à Bombay, Moravia et moi, avons participé assidûment aux travaux de ce congrès. Ils se déroulaient en plein air, dans le pré d'un théâtre le long de la rue centrale de la ville. On avait dressé un grand pavillon, sur l'herbette de l'été, et de luxueuses étoffes se balançaient en frémissant au vent tiède, dans le souffle puissant de l'odeur de l'Inde. Sous le chapiteau, grouillait une foule de dignitaires, scribes,

1. Tiberio Umberto Barbarani (1872-1945), poète dialectal de Vérone (*I due canzonieri, I sogni*). Cesare Pascarella (1858-1940), poète dialectal de la région de Romagne (*Villa Gloria, La scoperta dell'America*)

2. Mouvement d'idées, lié à la fondation par Guglielmo Giannini, du journal *L'uomo qualunque*, en 1944, qui tentait de définir la position de « l'homme quelconque », en opposition à la vie politique institutionnelle. Le « qualunquismo » définit plus généralement l'indifférence à la vie politique.

esclaves, princes, ou du moins de personnes habillées en dignitaires, scribes, esclaves et princes. Leurs péplums également, immaculés, ou jaunes, ou orange, et les saris colorés des femmes, voletaient dans cette brise indicible, reste d'autres époques historiques.

Au fond du pavillon, s'élevait une petite scene, où, dans la tiédeur de ce doux été, infecté et énervant, les orateurs alternaient, devant des micros retentissants. C'étaient des poètes, des critiques, des journalistes, venus de tous les États de l'Inde, pour donner leur témoignage sur le poète que l'on célébrait : les uns avec les petits traits presque mongoliens du Nord ; d'autres avec les beaux visages du Centre, bruns et ornés de superbes cheveux ondulés ; d'autres encore avec la corpulence lourde et osseuse des montagnards, des vieux paysans ; d'autres enfin, avec le corps malingre et agile des Indiens que l'on voit grouiller dans les bazars. Et tout le monde dans les costumes les plus divers : depuis l'habit très élégant que Nehru a l'habitude de porter, au pantalon étroit, à la casaque sombre serrée aux hanches, jusqu'à la tunique orange des bouddhistes, et aux tissus resserrés sur les épaules, comme chez les anciens Grecs, en passant par le fameux drap que l'on fait passer entre les cuisses, en laissant les mollets découverts, et, enfin, bien sûr, le vêtement un peu drôlement européen. Mais ce qui réunissait et identifiait tout le monde, c'était un profond conformisme qui réussissait presque à émouvoir. Personne n'a été effleuré par l'idée de proposer un témoignage critique, avec tout ce que cela peut comporter de surprenant, d'illégal et de scandaleux : ils se contentaient de se soucier d'apporter un tribut d'affection, de démêler une pensée rhétorique écrite de toute leur âme. Dans l'indifférence du public, du reste, qui prévoyait chaque mot avec la plus grande apathie, étant donné qu'il était dans un état d'esprit semblable à celui des orateurs, mais à l'arrêt, au lieu d'être en pleine excitation, et marqué de la même lassitude, presque par égarement traumatique, ou malnutrition.

J'ai connu d'autres intellectuels, de plus près. Au cours d'un buffet froid offert par l'ambassadeur d'Italie à Delhi, Giusti del Giardino, en plus d'autres divers ambassadeurs et dames élégantes, j'ai fait la connaissance de quelques intellectuels indiens typiques : Mulaokar, directeur de *l'Hindustan Times*, Prem Mhatia, directeur du *Times of India*, Asoka Mehta, leader du parti socialiste Praja, qui, pour tout dire, devant mes questions insistantes et capitales gardait la plus grande réserve et restait dans le flou; Durga Das, journaliste politique, qui, lui, a semblé plutôt impressionné (mais peut-être par simple courtoisie) par mes observations impolies sur les journaux indiens; enfin, deux écrivains, le célèbre Panikkar[1], auteur d'un livre sur les rapports entre Orient et Europe, publié également en Italie, et le petit Chaudhuri[2], écrivain humoristique (auteur d'un livre intitulé, par ironie, *A Passage to England*) à l'aspect familier d'un chef de gare de Vénétie, collectionneur de petits tableaux tachistes, lequel essayait en vain d'échapper au conformisme à travers la voie du paradoxe et d'un anarchisme inoffensif.

1. Madhava Panikkar Kavalam (1895-1963), ancien ambassadeur, homme d'État, romancier, historien (*L'Inde et la domination occidentale*).
2. Chaudhuri Nirad, né en 1897 (*The Autobiography of an Unknown Indian*). *A Passage to England* (1959) renvoyait au fameux *A Passage to India* (La Route des Indes, tr. fr. 10/18) d'Edward Morgan Forster.

Le seul intellectuel, doté d'une vitalité incontestable, que j'aie rencontré en Inde est un jeune homme de vingt-trois ans, Dom Moraes[1], fils du directeur d'un grand journal, homme également remarquable, mais déprimé par la tragédie indienne, qu'il vivait jusqu'au bout. Son fils, en revanche, jeune, tout frais sorti de Cambridge, avait un petit air un peu existentialiste, un peu beatnik, et même, à la limite, un rien antipathique, pourtant on décelait en lui une inquiétude et une impatience, dans sa manière de se mettre en rapport avec son pays, qui le différenciaient nettement des intellectuels de la génération précédente.

J'avais vu son livre, *Gone away*, sur le bureau du consul italien Lavison (dans son splendide bungalow de la Malabar Hill) et, à première vue, malgré ma pauvre connaissance de l'anglais, il m'avait semblé remarquable. Moravia, ensuite, l'a lu et l'a trouvé bon. La seule chose moderne et énergique qui nous soit tombée entre les mains.

1. Né en 1938, poète d'expression anglaise, bien que de langue maternelle konkani. *Gone away* est un journal de voyage (1960).

L'habitude de classifier et de hiérarchiser (qui, tout compte fait, indique chez les intellectuels, en plus d'une faiblesse rationnelle, la douceur et l'humilité typiques des Indiens) dérive de cet atroce archétype mental qui imprime sa marque à tout acte et à toute pensée des Indiens : le principe de caste. Les intellectuels en ont conservé la mécanique de classification et de hiérarchisation, précisément : qui fixe les choses et les idées dans une espèce de tableau immobile, qui ne saurait évoluer sans douleur ni angoisse. Les mêmes maux et les mêmes angoisses se dépeignent visiblement sur les visages des domestiques quand on leur demande quelque chose qui n'est pas prévu dans le menu ou sort de leurs habitudes.

Il n'est pourtant pas dit que chez les intellectuels également (pauvres sentinelles perdues dans cet énorme Buchenwald qu'est l'Inde) il ne demeure pas le même esprit de caste propre à l'état pur, je veux dire sauvage. Des personnes sûres me racontaient qu'un personnage en vue, appartenant à l'élite dirigeante, de retour d'Angleterre où il avait eu de longs contacts avec des personnalités de la politique et de la culture (et où, du reste, il avait étudié, à Cambridge et à Oxford), pour se purifier de tels contacts, dès qu'il était revenu pieusement dans sa patrie, avait bu de l'urine de vache.

Cela n'a pas de rapport avec ces fragments pittoresques que je note, mais je voudrais dire qu'il serait agréable, par amour pour l'Inde, amour auquel aucun visiteur ne peut se soustraire, que Nehru se rendît compte que l'Inde se trouve dans un « état d'urgence », et que, pour cette raison, il est autorisé à opérer des transgressions dans la rigide grammaire parlementaire anglaise : non seulement autorisé, mais je dirais même obligé Sans un gouvernement d'urgence, il est difficile de pouvoir arracher les Indiens a la mort à laquelle les vouent les castes, c'est-à-dire de faire avancer l'Inde ne fût-ce que d'un pas. Les jeunes gens y sont disposés ; si cet intellectuel de vingt ans, qu'est Don Moraes, présente déjà des caractéristiques différentes de la génération précédente, il y a des milliers, et même des centaines de milliers de jeunes « parias » qui, pour prendre l'argent qu'ils ont gagné, ne tendent plus la main en forme de sébile, pour ne pas être touchés, en faisant une

génuflexion, avec une révérence de pension-
naire, comme leurs pères le font encore.

La tradition des castes est un cancer qui
s'est étendu et enraciné dans tous les tissus
de l'Inde. Nehru a assez de prestige pour
pouvoir essayer de l'extirper par la force : à
moins que lui aussi ne se souvienne un peu
trop qu'il est brahmane.

VI

Adieu Delhi : très long voyage
en Dodge, avec un sikh au volant,
à travers toute la plaine du Gange.
Les choses que l'on y voit.
Le Saint-Pierre de l'Inde.
Prisonniers d'Abdullah et de Bupati.
Rapports soupçonneux de Moravia
avec les dakoyts *et la cuisine.*
Moments sublimes à Khajuraho et soirée
léopardienne à Chattarpur.
Ah! le Clark's Hotel *!*
Autour des bûchers des morts
à Bénarès : la seule heure douce et sereine.

Adieu Delhi. Le corps chargé de la douce pesanteur d'un plaisir, plaisir du long voyage qui nous attend, nous partons dans la fraîcheur aérienne du petit matin, les jardins baignés des rayons pâles du soleil, et les bungalows, les grandes avenues de la cité-ministère, de la cité ambassade, de la cité-cocktail. (Pauvre ville, où les aspects occidentaux s'enfoncent irrémédiablement dans la mélancolie des espaces trop immenses qui découvrent toujours un banian abandonné avec ses racines au vent, un chien, un misérable, pour témoigner du caractère invincible de la misère.)

Adieu Delhi. Une grande plaine commence, sans couleur, comme une peau de bête laissée au soleil et à la pluie, des saisons entières. Il y a des fabriques, embourbées, enfumées, à l'horizon, au-delà de vastes champs de millet, jaune canari, éblouissant : de temps à autre, on a l'impression d'être dans la plaine du Pô, tout de suite après la guerre, quand les décombres des bombardements étaient encore frais.

Mais l'avenir prochain est plein de promesses. Un long voyage au cœur de l'Inde, dans une Dodge grosse et stable comme un autocar, Moravia et moi, seuls, disponibles, joyeux, curieux comme des singes, avec tous les instruments de l'intelligence prêts à être utilisés, voraces, goulus et impitoyables. Quant aux garanties pratiques, nous sommes saisis par une poigne d'acier : l'implacable programme, dû à la prévoyance de Moravia et à la sollicitude de son beau-frère, Cimino, qui est diplomate en exercice à Delhi, prévoit des haltes, des repas, des dîners et des hôtels dans une série ininterrompue. Il n'y a qu'une lacune : Khajuraho (qui, par ailleurs, est l'étape la plus attendue) : là, il n'y a pas de chambre à notre disposition. Il faudra s'adresser au *collector* à Chattarpur : et à-Dieu-vat ! Enfin, on trouvera bien une solution... En attendant, nous savourons, heure par heure, cette course exquise, enivrante, à travers l'Inde.

Voilà... un passage à niveau fermé, sur le haut talus à une seule voie... deux ou trois masures craquelées par le soleil et les moussons, tout autour... au loin, des constructions passées à la chaux, casernes ou usines, enfouies dans le terrain poussiéreux. L'auto s'arrête sur la cime, près de la petite rampe du contrefort, en attente, sur l'arrière-fond d'une route parsemée de cailloux aigus. Comme enfanté par la terre, jaillit un charmeur de serpents, couleur de terre, et d'un panier couleur de terre, il sort son cobra. Il s'accroupit, son petit serviteur couleur de terre près de lui, et il sifflote, piou-piou, piou-piou, dans son ocarina. L'affreux serpent gonfle les joues, et, aussitôt, l'auréole mythique se forme autour de son museau idiot; et avec son museau, il s'avance obstinément pour mordre la main du musicien, qui, à chaque petite morsure de son subordonné, la secoue, pauvre bougre, avec un « aïe aïe » silencieux.

Ensuite, arrivent des mendiantes, avec leurs bébés comme des limaces (aux yeux bistrés, peints d'un profond noir violet, qui fait d'eux des petites idoles), mendiantes implacables : archétypes vivants de nos bohémiennes. Et elles nous enserrent dans un cercle de membres nus, de chantage, de menace, de contagion, de rapacité, d'angoisse.

Tout autour des corneilles craillent, craillent.

Les cris des corneilles nous poursuivent, plus ou moins denses et désordonnés, à travers toute l'Inde. C'est une répétition significative : elles semblent dire : nous sommes toujours là, parce que l'Inde est toujours ainsi. À part la folie qui domine cette brève éructation, insolente, idiote et décomposée : cet air de celui qui ne respecte rien, gratuitement sacrilège. Avec ces rimes persistantes dans les oreilles, nous voyons le paysage lentement se métamorphoser, comme une échine infinie émergeant de la poussière. Mais un véritable changement ne parvient jamais à se produire. En réalité, il reste le même pendant des centaines de kilomètres, de Bombay à Calcutta.

La route, étroite, entourée de deux pistes de terre rosâtre, et par une interminable, extraordinaire galerie de banians et d'autres arbres semblables à nos marronniers, se déroule à l'infini à travers deux décors toujours égaux : étendues en friche, calcinées, avec des buissons de bois taillis, ou bien étendues de terres vaguement cultivées, avec les taches jaune canari, éblouissantes, de mil.

Des files interminables de carrioles de paysans entravent continuellement notre course. Ce sont des carrioles rudimentaires, celles qui ont été inventées par l'homme, il y a deux ou trois millénaires : une caisse sur deux roues pleines et, devant, le buffle, qui traîne, patiemment, l'antique poids de membres humains, sombres et couverts de charpies blanches, ou du faisceau de roseaux.

Notre conducteur, un sikh, fait mille reproches à ces malheureux paysans sur leurs chariots, il suffit de voir comment ils le regardent : un sourire lointain dans leurs grands yeux ourlés de cils épais, un mouvement léger de la tête qui s'incline sous la courbe noire de leurs beaux cheveux, rien d'autre. Et lui, le vieux sikh qui ne cesse de vomir ses injures. Je dois avouer que j'ai éprouvé immédiatement une antipathie instinctive à l'égard de notre chauffeur et des sikhs en général : qui sont, au fait, ces Indiens à cheveux longs, avec une barbe et un turban. Leur tradition militariste m'exaspère, ainsi que leur loyalisme proverbial, leur air de *milites gloriosi,* leur réputation de bons serviteurs.

C'est ainsi que je me chargerais de répondre aux tirades de notre sikh, à la place de ces doux paysans qui, avec une patience toute gandhienne, ne l'écoutent même pas.

Qu'est-ce qu'il y a, après, sur la route ? Les villages. À un moment, entre les arbres merveilleux et l'étendue sordide des clairières, apparaît, entre des talus blancs, des marécages desséchés, un étang. Il y a des femmes ou des garçons, tout autour, qui se lavent ou nettoient leurs tissus. Cette fois, il n'y a personne. Aussitôt après, surgit le village : un amas de murettes blanches, elles aussi faites de boue et de bouse de vache, et par-dessus des toits de chaume. Au milieu, des terre-pleins poudreux, envahis de chèvres, de vaches et de buffles. Tout de suite commence le fourmillement, comme d'innombrables vermisseaux colorés. C'est le bazar, la rue centrale du village, l'éternelle enfilade de boutiques, soutenues par des pattes de bois,

134

avec, à l'intérieur, des marchandises et le vendeur accroupi, et, devant, le tourbillon des vieux, des garçons, des femmes, avec leur guenilles colorées et leur très doux sourire au milieu des bosses répugnantes des vaches errantes.

Nous arrivons à Agra. Une banlieue quelconque, dont on ne peut rendre compte, avec ses édifices coloniaux à l'abandon, à un seul étage, blancs, au milieu de la lèpre des masures. Des groupes désordonnés de femmes, couvertes de saris verts, violets, rouges, chargées d'anneaux, aux poignets et aux chevilles, qui travaillent comme des tailleurs de pierre, au milieu de lugubres terre-pleins poussiéreux. De petits ponts sur des fleuves de la Genèse, au lit à sec, et des étendues de tissus de toutes les couleurs, éblouissants sous le soleil brumeux de l'hiver qui tape sur la pierre, sur l'herbe brûlée. Vaches frappées de torpeur, groupes d'écoliers, hommes malingres sur de grosses bicyclettes, le drap entre leurs jambes qui volette pauvrement au vent.

C'est à Agra que se trouve le Taj Mahal. Le Saint-Pierre de l'Inde. À vrai dire, c'est un temple, ou plutôt un tombeau musulman, pas hindou. C'est néanmoins la forme architectonique nationale, le blason d'Air India, le rêve des vieilles filles en Angleterre.

On enlève ses chaussures, sur le vaste perron, et avec cette fureur mal contenue que provoque l'obligation d'ôter ses chaussures pour la centième fois, on entre au milieu de groupes de touristes habillés comme des mendiants et de mendiants aussi tranquilles que des touristes : au milieu de rangées de petites filles bistrées jusqu'aux os, en sari, conduites par d'humbles institutrices ; au milieu de réunions amicales d'élèves en vadrouille (qui sont les frères jumeaux de ceux de Rome), qui viennent peut-être ici en séchant leurs cours.

Le capharnaüm est loin, au-delà de la courbe d'un grand fleuve aux rives pelées, émaillées de buffles et d'étendues de tissus aux mille couleurs : ici, il règne une certaine paix.

Un haut soubassement, avec une avancée d'une centaine de mètres, tout en marbre ; la porte, avec le petit escalier de marbre · la cour, suspendue, de marbre, avec, au milieu, un long canal pour les ablutions, entre quelques zones de gazon brillant; sur les côtés, le long des murailles de marbre, les quatre portes de marbre, et, en face, le grand édifice, semblable à nos baptistères, en marbre, avec le minaret de marbre. Tout étincelle de blancheur glacée sur le fond d'un ciel qui sombre sur les méandres du large fleuve.

Un vrai glacier. La poésie musulmane, pratique et non figurative en même temps, pragmatique et antiréaliste en même temps, se retrouve en Inde comme dans un monde qui n'est pas le sien. La sensualité cadavéreuse du paysage indien régit, comme des corps étrangers, dans ses clairières salgariennes[1], les monuments des dominateurs musulmans. Enfermés dans leur géométrie abstraite, fonctionnelle, comme des prisons dorées.

Même chez les Indiens musulmans, il y a quelque chose qui se dérobe, comme un

1. De Emilio Salgari (1863-1911), auteur de romans d'aventures populaires situés en Asie (*Les Pirates de Malaisie*).

corps étranger qui les a pénétrés, une vie d'une autre nature, encastrée dans la leur. Je devrais rester plus longuement en Inde pour m'expliquer : mon impression est simplement irrationnelle. Si l'Indien perd son insécurité, sa douceur, sa crainte, sa passivité, que devient-il? Le Coran durcit, donne des certitudes, cultive l'identité. C'est pourquoi, avec les Indiens de religion musulmane, qui du reste représentent un pourcentage très élevé, je ne me trouve pas bien à l'aise : ma sympathie suit un cours parsemé de déceptions cuisantes, impalpables.

Il y a, près d'Agra, à une vingtaine de miles, une cité morte, construite par les dominateurs musulmans, et tout de suite abandonnée, à cause de l'aridité des alentours. Elle est restée presque intacte. Une grande enceinte de murs rosâtres entoure, en formant un large anneau, la campagne et quelque misérable hameau surgi à une époque récente. Au milieu, sur les vallonnements irréguliers d'une colline, est construit le centre de la ville, entouré à son tour de hautes murailles. Le tout en briques rosâtres, avec çà et là des fioritures d'arabesques en marbre.

Je ne cache pas mon attirance pour ces cités mortes et intactes, c'est-à-dire pour les architectures pures. J'en rêve souvent. Et j'éprouve à leur égard un transport presque sexuel. C'était extraordinaire. Je ne m'en serais jamais détaché. Il y avait la mosquée, dans une vaste cour pavée de tommettes rosâtres, avec, en son centre, la vasque bordée de marbre, et un immense arbre vert, stupéfiant, extatique : la mosquée tout entière n'était qu'enjolivure, une broderie folle de marbre jauni par le temps, avec des veinules de consomption et des pâleurs de jeunesse. Tout autour, de petits palais qui, au fond, avaient la couleur et la mesure de nos plus beaux palais du xive siècle : un style roman profane et somptueux. De cour en cour, on passait au palais du roi, au palais des femmes, au palais des réunions, au « divan », où étaient reçus les sujets Le tout intact, en plein soleil, offert à tous les regards.

Chaque fois qu'en Inde on va visiter un monument, on tombe prisonnier du guide et, en second lieu, de la foule de mendiants. Un suintement de roupies et de petite monnaie : exaspérant parce qu'on n'en a jamais suffisamment. Dans la « cité morte » d'Agra, nous sommes tombés prisonniers d'Abdullah, un petit Indien, adolescent, de religion musulmane. Par la suite, le long des cours et des courettes, des petits escaliers intérieurs et des perrons, se joignit à lui un collègue hindou, Bupati.

Abdullah était effronté, Bupati timide ; Abdullah se lassait de nous suivre et Bupati ne nous aurait jamais laissés ; Abdullah avait une certaine ironie à l'égard de notre admiration non dissimulée et Bupati le plus grand respect ; Abdullah restait toujours en arrière et Bupati était toujours à notre hauteur ; à la fin, Abdullah demanda une récompense, pour lui et pour une femme qui venait nous offrir des petits rameaux parfumés ; Bupati, lui, ne demanda rien et baissa les yeux, en se contentant de tendre doucement la main.

Nous sommes retombés, avec la Dodge, au milieu des vastes campagnes et de la jungle. La route se déroule à l'infini. À chaque instant, naissent une odeur, une couleur, une sensation qui sont l'Inde : le détail le plus insignifiant porte le poids d'une insupportable nouveauté.

Les routes indiennes (héritées des Anglais : ces derniers voient leur prestige immensément accru après une visite à leur ancienne colonie) sont parcourues par une quantité vraiment étonnante d'autocars. Ce sont des véhicules d'une vieillesse difficilement définissable, extrêmement anguleux, je veux dire osseux, maigres à faire peur, réduits à leur carcasse, carcasse de ferraille. Très petits, ne contenant plus que des carrioles, avec un moteur qu'on met en marche avec une manivelle à l'avant, comme dans les vieux films. Entièrement peints de couleurs vives, du bleu ciel au vert, du rouge rouille à l'écarlate, et devant, en caractères floraux, pour quiconque conservait encore quelques doutes, se détache l'indication PUBLIC CARRIER.

On en rencontre des douzaines sur les moindres portions de route : pleins d'Indiens sombres et doux, de mamans, de petits bébés qui ne pleurent jamais.

Nous traversons le territoire des *dakoyts* qui sont des hors-la-loi, des bandits qui attaquent les automobiles, dévalisent les passagers, et, parfois, les tuent. Les *dakoyts*, en même temps que la cuisine, ont été la principale occasion de rire, dans notre voyage ou, pour être plus exact, l'occasion de rire a été fournie par les rapports de Moravia avec les *dakoyts* et la cuisine. Rapports tout en nuances : soupçons, mécontentements, insatisfactions, amères désillusions, rages résignées. L'idée des *dakoyts* se présentait d'une manière qui n'avait rien de réjouissant, dans les méditations incisives et prévoyantes de mon adorable compagnon de voyage. Il n'en parlait pas, mais quand il en parlait, on sentait qu'il y réfléchissait depuis longtemps. C'est si vrai qu'à Delhi, lors d'une rencontre avec Nehru, il avait, entre autres, abordé le sujet des *dakoyts* : on ne sait jamais, mieux vaut avoir des renseignements directs et le plus fiable possible. Donc, en feignant, habilement, avec sa gaieté d'enfant, le plus grand détachement et le désir le plus objectif de se renseigner, il avait tâté le terrain, dans son long dialogue avec le Pandit. Il en était sorti complètement rassuré et je voyais ses yeux briller de satisfaction. C'était un réel soulagement de n'avoir plus cette désagréable préoccupation. On peut imaginer, par conséquent, sa pénible déception, quand, de but en blanc, notre sikh commença, avec son ton militaire et pimbêche de maître-serviteur, à nous parler des *dakoyts*, comme de choses pour ainsi dire à portée de main et à nous énumérer, une à une, leurs fastidieuses habitudes. Je voyais le regard de Moravia manifester, petit à petit, un déplaisir croissant, comme un enfant berné. Et c'était quelque chose qui me semblait, au mépris de toute délicatesse peut-être, d'une irrésistible drôlerie.

Pas de trace de *dakoyt*. Rien que le désert, avec des fleuves géologiquement primitifs, aux rives éboulées par les crues. Et les deux premiers et derniers éléphants domestiques de toute l'Inde, qui s'en allaient, tout lentement, sur la route poussiéreuse.

L'extraordinaire fort de Gwalior : de couleur mauve, avec des restes de céramique bleu ciel le long des marches. L'extraordinaire vision de la ville, au-dessous, blanche à blesser les yeux. Une petite ville militaire, propre, et pleine de casernes.

À l'hôtel (un gros hôtel gouvernemental, avec un grand jardin devant pour les thés désolés des rares touristes), nous recevons la bonne nouvelle qu'à l'hôtel de Khajuraho il n'y a définitivement pas de place... Que

143

faire? Rester là, aller directement à Bénarès, choisir une autre ville? Il y a l'espoir du *collector* de Chattarpur. Mais s'il ne peut rien faire?

L'inévitable étang, les inévitables maisonnettes aux murs de boue, l'inévitable mélange de chèvres, de vaches et d'êtres humains... Mais du moins, voici un étang plus grand. Un véritable *tank*, et, le long de l'étang, une apparence de ville, avec des parois de brique et de chaux, finalement, des maisons à deux étages, une petite place, quoique enfoncée dans la misère asiatique décomposée...

Sur cette petite place, fourmillante de vendeurs, et surtout de soldats et de gendarmes, avec leurs fantaisistes uniformes, leurs énormes chapeaux pointus, tout travaillés, et leurs turbans resplendissants, se trouve le bureau du *collector*. Nous sommes introduits, et le *collector* est aux anges de se trouver face à Moravia : les Penguin Books ont rendu célèbre Moravia en Inde comme en Italie. Pour cette raison, le *collector* se met en quatre. Oui, On nous trouvera une chambre à la *resthouse* de Chattarpur : nous pouvons nous rendre en toute tranquillité à Khajuraho.

Nous allons, en effet, à Khajuraho, et nous y passons l'après-midi le plus beau de tout notre séjour indien. Khajuraho est presque désert, parce que la ville se compose de quelques maisons, d'un petit hôtel bien net, et d'un temple moderne. Il y a un certain bien-être, dû aux visites des touristes. C'est pourquoi on se sent tranquille.

Les six temples, au milieu d'un immense pré, sont, dans leur ensemble, d'une beauté sublime.

Nous revenons à Chattarpur, a la nuit tombée, assoupie. Je compte passer l'une de mes belles soirées, où, tandis que Moravia va dormir, je me promène, seul, éperdument, pareil à un limier qui flaire la pestilence de l'Inde.

Mais la Dodge laisse derrière nous le centre de la petite ville et va s'arrêter devant un très haut bungalow isolé, au sommet d'une petite colline pelée et poussiéreuse.

C'est décourageant. Nous entrons. On en est presque saisi de vertige. À cause de la hauteur des murs, le plafond est à vingt mètres de hauteur et criblé de fenêtres symétriques, carrées ou en demi-lune, ouvertes, avec le froid qu'il fait la nuit... Au-dessous, la désolation : une grande salle de séjour, blanche, avec un portrait de Gandhi nu comme un ver, avec un tissu très propre autour des reins et ses lunettes sur son visage fourbe de tortue : pauvre, grand héros insensé ! Tout autour des tapis élimés, effilochés, des groupes de fauteuils râpés aux coins. Et les chambres... à vous nouer l'estomac : de misérables petits lits, avec des matelas aux couleurs équivoques, de grosses armoires, royaumes des cafards, et, naturellement, des cobras... Nous apportons notre série obsédante de valises et nous résignons à passer une très longue nuit.

Moi, en vérité, je n'ai pas abandonné l'espoir d'une petite promenade en ville. Et en fait, nous sortons. Il fait déjà sombre. À côté du grand bungalow, il y a des masures, sur la route de terre battue : les lumières des *Mille et Une Nuits* y scintillent, mais pauvrement, modestement, rustiquement.

Nous nous acheminons sur la route qui conduit à la ville lointaine, qui s'étend à nos pieds (nous sommes sur une hauteur) dans les fines broderies de nuées célestes et de lueurs presque aqueuses. Mais nous avons tout juste fait quelques pas sur la route, entre les arbustes effrayants, que quelque chose d'horrible s'approche de nous dans la pénombre : un grognement désespéré, le râle d'une course haletante : ce sont des chacals.

Nous retournons aussitôt sur nos pas, la queue entre les jambes. Le cuisinier, dans l'une des masures scintillantes près du bungalow, prépare notre dîner : je vois que les yeux de Moravia brillent de soupçon résigné et d'espoir retrouvé... Dans une atmosphère léopardienne, des petits enfants jouent devant le seuil de leur maison : un tout-petit-petit s'est faufilé dans un caisson d'où il est bientôt extirpé. L'autre, plus grandet, nous regarde avec toute sa douceur. Il y a, par là également, une chevrette, avec ses chevreaux qui la tètent encore, et un chien, et un petit perroquet dans une cage accrochée aux branches du banian, devant la maison. Moravia ne cache pas sa vive sympathie pour l'un des chevreaux, qui bondit tout autour avec vivacité, en appelant sa mère . « ma..

ma... ». Il voudrait l'attraper pour le caresser un peu, mais l'autre s'échappe. Alors le petit garçon lui court après et revient vers nous avec le chevreau entre les bras. Le chevreau est tout blanc, le petit garçon tout noir et ils ont tous les deux la même pupille très douce.

Il faudrait avoir la capacité de répétition d'un psalmodiste médiéval pour pouvoir réaffronter, chaque fois qu'elle se représente, la terrible monotonie de l'Inde.

Les étangs, les villages, la jungle, les cultures de millet, les files de carrioles avec leurs buffles, les étangs, les villages... Et les villes : le marché, le grouillement fétide, les corps mutilés à l'impuissance qui est physiquement odeur et vent, les vaches, les lépreux, les banlieues avec ces constructions coloniales basses et longues, les terre-pleins couverts de chèvres et de petits enfants... Nous nous arrêtons à Allahabad . le long des avenues périphériques, nous partageons soudain l'espoir mal dissimulé d'un bon repas... Nous n'en parlons même pas : Moravia, encore, a bien y repenser, devient terreux de déception deux hôtels atroces, malgré l'aspect bien connu de joyeuses funérailles ; dans l'un, il est impossible d'entrer à cause de l'inévitable banquet funèbre d'un Rotary Club, dans l'autre le désert d'où devrait jaillir, ensuite, miraculeusement, un repas visiblement fourmillant d'amibes.

Et nous arrivons à Bénarès.

Ah ! le *Clark's Hotel !* Ici, le sikh nous donne la main (gantée, peut-être rongée de lèpre) et s'en va, ravi du pourboire. Très luxueux, l'édifice à deux étages, avec deux grandes ailes, des porches et des vérandas, s'alanguit entre des cascades de bougainvillées. Dans des coins retirés, des poignées de coolies, dévorés par la phtisie, aux dents proéminentes, un masque fétide mal tendu sur leur visage beau et doux. Et le charmeur de cobras, qui, quand il voit avancer vers lui un Européen, nous lance piou-piou-piou avec son chalumeau, et le cobra se met à dodeliner en disant oui. C'est lui qui a enseigné aux Indiens à dire oui. Comme à danser. Mais si l'Européen détourne la tête et va dans la salle à manger (pour mal manger, à l'anglaise), l'Indien s'interrompt aussitôt :

pıou... pi... Et le cobra s'en retourne, la tête sous le coude, dans son panier. Accompagnés, chacun, de trois ou quatre serviteurs, nous nous installons dans nos délicieuses chambrettes, dont les vérandas donnent sur les bougainvillées.

Bien que la nuit soit tombée, nous sortons. Cette fois-ci, notre chauffeur-guide est un musulman gras et rapide. Il a une vélocité de coordination semblable à la nôtre, précédant toujours ses actes d'un immédiat : *Yes, sir.*

Bénarès. Rien de nouveau : les rues du centre sont de grandes rues de marchés, avec les boutiques accumulées sous les maisons bringuebalantes aux vérandas de bois et l'inévitable foule affamée, sale et dévêtue. Naturellement, les vaches.

Mais il flotte un air, comment dire ? plus intègre. Et un plus grand bien-être, comme toujours, là où la religion est l'objet d'une spéculation, fût-elle misérable.

L'air est froid, comme chez nous, pendant les nuits de printemps, humides. Une désagréable sensation de gel s'agrippe à tout le corps et donne aux choses, déjà tristes, plus de tristesse encore : tout se dilate et résonne d'une rigueur plus désespérée.

Le guide nous recommande de ne donner à personne la moindre aumône : nous descendons du taxi et nous nous dirigeons vers la rive du Gange.

Nous nous engageons dans une rue bordée de murettes, de taudis, d'enclos, peut-être des murs d'entrepôts, de plus en plus étroite et obscure.

Elle grouille de pauvres êtres à demi nus, dans ce ballet inévitable et sordide de va-et-vient : nous en sommes entourés, pressés de tous côtés. Sur le sol scintillant de je ne sais quels atroces liquides, des files de corps sont étendues : il est tard, et beaucoup dorment déjà, là, par terre, au bord de la rue. Chacun a sa place, là où il se couche, le soir ; souvent, ce sont des familles entières enveloppées dans les mêmes charpies. Certains ne dorment pas, mais c'est comme s'ils étaient déjà couchés et attendaient de trouver le sommeil en regardant le paysage. Certains continuent encore à mendier, en tendant la main. Ce sont des lépreux, des aveugles atteints de trachome, des êtres mines par la maladie de Cochin qui dilate monstrueusement les membres : tous patients devant le mal et enragés devant les nécessités immédiates. Ils tendent spasmodiquement la main. Tout le long de la rue, il y a cette assemblée pitoyable, cet amas inextricable de membres et de guenilles. Et puisque l'air est glacé et obscur, on avance comme à tâtons, en perdant le sens de l'orientation sans bien comprendre ce qui nous entoure.

Ensuite, la rue descend et débouche sur la rive, toute pavée, avec les dalles, elles aussi, fétidement brillantes : une forêt de tristes parasols et de bancs, couverts de fidèles qui s'apprêtent à passer ici la nuit, et un amas informe d'embarcations qui s'entrevoient à peine : derrière, le scintillement aveugle du Gange.

Aidés par le chauffeur qui a d'abord un peu parlementé avec le rameur, nous montons dans une barque vacillante, qui se détache lentement des marches du débarcadère, entre les formes nébuleuses des autres barques, d'autres êtres humains.

Au fur et à mesure que s'éloigne la barque, nous voyons apparaître la rive sur toute sa

152

largeur : en haut, au fond, scintillent les lumières et, à contre-jour, s'élève une espèce de cité de Dité, mais de proportions modestes, presque rustiques. Ce sont les murailles des palais que les maharadjahs et les riches se construisent pour venir mourir sur le Gange : ce sont des temples ; ce sont des masures et ce sont des enceintes de protection mais le tout accumulé dans un indescriptible chaos.

Au fond, des feux brillent, sur un autre bassin, semblable à celui que nous venons de quitter, et que nous rejoignons, maintenant, en accostant sur un bout de rive noire et effritée, grouillante d'embarcations.

Nous arrivons sous les feux, voilà les bûchers des morts : trois ; deux, élevés, comme au sommet d'un escalier, et l'un plus bas, à quelques mètres du niveau de l'eau.

Nous descendons de la barque vacillante et, entre les quilles des autres bateaux, nous nous hissons entre la poussière et les gravats, le long d'un pan de mur qui semble avoir survécu à un tremblement de terre : nous rejoignons ainsi le terre-plein, au-dessus du mur qui longe un escalier sordide, où deux bûchers se consument.

Autour des bûchers, nous voyons beaucoup d'Indiens, recroquevillés, avec leurs inévitables guenilles. Aucun ne pleure, aucun n'est triste, aucun ne se préoccupe d'attiser le feu : tout le monde semble simplement attendre que le bûcher s'éteigne, sans impatience, sans le moindre sentiment de douleur, ou de peine, ou de curiosité. Nous marchons entre eux qui, toujours aussi tranquilles, gentils et indifférents, nous laissent passer, jusque tout près du bûcher. On ne distingue rien, simplement du bois bien arrangé et attaché, au milieu duquel le mort est serré : mais tout se consume et les membres sont indiscernables des bûches. Il n'y a aucune odeur, sinon, l'odeur délicate du feu.

Comme l'air est froid, Moravia et moi, nous approchons instinctivement des bûchers, et, en avançant, nous nous apercevons, rapidement, que nous éprouvons la sensation agréable de nous réchauffer à un feu, l'hiver, avec nos membres transis, heureux d'être là, avec un groupe d'amis de rencontre, dont les visages et les guenilles sont placidement diaprés par une flamme qui laborieusement agonise.

Ainsi, réconfortés par la tiédeur, nous regardons à la dérobée, de plus près, ces pauvres morts qui se consument sans ennuyer personne. Jamais, en aucun lieu, à aucun moment, dans aucun acte, durant tout notre séjour indien, nous n'avons éprouvé un aussi profond sentiment de communion, de tranquillité, et, presque, de joie

DU MÊME AUTEUR

Aux Éditions Gallimard

LE RÊVE D'UNE CHOSE (L'imaginaire n° 201)

POÉSIES 1953-1964, (Poésie/Gallimard. Préface de José Guidi). *Édition bilingue.*

THÉORÈME (Folio n° 1940)

ACTES IMPURS *suivi de* AMADO MIO

POÉSIES 1943-1970

CORRESPONDANCE GÉNÉRALE 1940-1975

POÈMES DE JEUNESSE et quelques autres. *Édition bilingue.*

PÉTROLE

HISTOIRES DE LA CITÉ DE DIEU. Nouvelles et chroniques romaines 1950-1966

NOUVELLES ROMAINES (Folio bilingue n° 107)

Aux Éditions Denoël

L'ODEUR DE L'INDE (Folio n° 3591)

Aux Éditions Actes Sud

DANS LE CŒUR D'UN ENFANT

DOUCE ET AUTRES TEXTES

BÊTE DE STYLE

LES ANGES DISTRAITS (Folio n° 3590)

Chez d'autres éditeurs

LA NOUVELLE JEUNESSE, M. Nadeau

SAINT PAUL, Flammarion

DESCRIPTION DES DESCRIPTIONS, Le Seuil

ÉCRITS CORSAIRES, Flammarion

THÉORÈME, Futuropolis

PIER PAOLO PASOLINI, Textuel

QUI JE SUIS, Arléa

LA LONGUE ROUTE DE SABLE, Arléa

LETTRES LUTHÉRIENNES, Le Seuil

ÉCRITS SUR LE CINÉMA, Cahiers du cinéma

Composition C.M.B. Graphic.
Impression Société Nouvelle Firmin-Didot
à Mesnil-sur-l'Estrée, le 7 octobre 2002.
Dépôt légal : octobre 2002.
1ᵉʳ dépôt légal dans la collection : novembre 2001.
Numéro d'imprimeur : 61272.
ISBN 2-07-042073-6/Imprimé en France.